平生六记

曾彦修 著

生活·讀書·新知 三联书店

Copyright © 2020 by SDX Joint Publishing Company.
All Rights Reserved.
本作品版权由生活·读书·新知三联书店所有。
未经许可，不得翻印。

图书在版编目（CIP）数据

平生六记／曾彦修著.—北京：生活·读书·新知三联书店，2020.6（2025.2 重印）
（三联精选）
ISBN 978–7–108–06791–3

Ⅰ.①平…　Ⅱ.①曾…　Ⅲ.①回忆录–中国–当代　Ⅳ.①I251

中国版本图书馆 CIP 数据核字（2020）第 022357 号

特邀编辑	廉　勇
责任编辑	崔　萌
装帧设计	薛　宇
责任校对	张　睿
责任印制	董　欢
出版发行	生活·讀書·新知 三联书店
	（北京市东城区美术馆东街 22 号 100010）
网　　址	www.sdxjpc.com
经　　销	新华书店
印　　刷	北京隆昌伟业印刷有限公司
版　　次	2020 年 6 月北京第 1 版
	2025 年 2 月北京第 4 次印刷
开　　本	850 毫米 × 1168 毫米　1/32　印张 4.25
字　　数	77 千字
印　　数	12,001－15,000 册
定　　价	32.00 元

（印装查询：01064002715；邮购查询：01084010542）

千锤万凿出深山
烈火焚烧只若闲
粉身碎骨浑不怕
要留清白在人间

于谦咏石灰

萱彦修同志

陆定一九十岁

良知未泯

周有光

2014. 3. 12

时年109岁

作者像,马立国摄

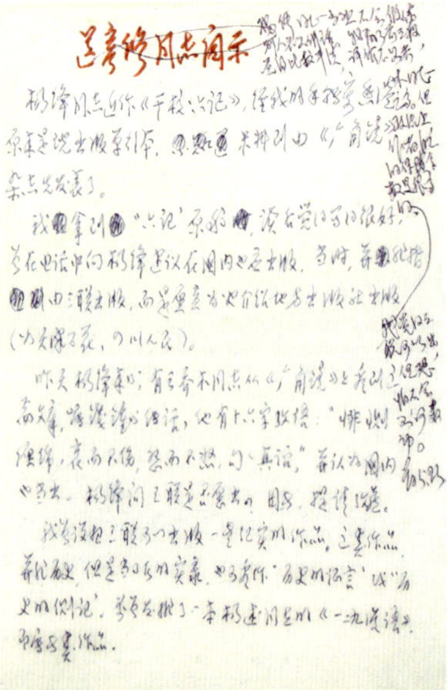

范用写的《干校六记》选题报告。曾彦修当天即在上面签了意见

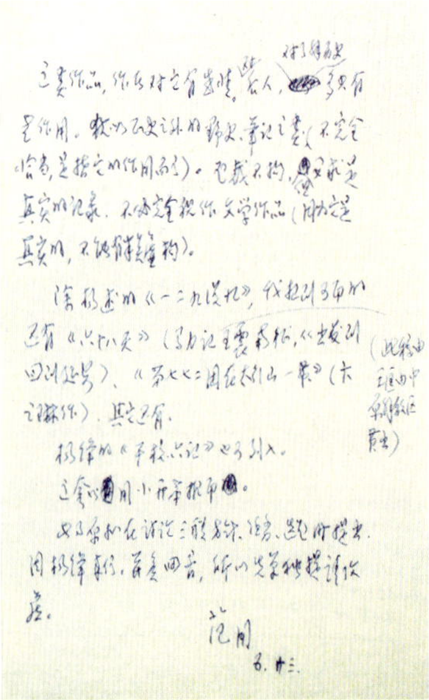

曾彦修，四川宜宾人。1919年生。1933年入本县叙州联中读书，1935年从重庆北碚兼善中学毕业。1936年在北碚中国西部科学院地质研究所做初级练习生。1937年上半年在成都联中（石室中学）读书。1937年12月到延安，入陕北公学。1938年加入中国共产党。1938年4月后入马列学院学习、工作。1941年夏调中央政治研究室工作。1943年3月调中央宣传部。1949年南下，参与创办《南方日报》，任首任总编辑。1950年3月任中共中央华南分局宣传部副部长、南方日报社社长，后兼任华南人民出版社社长、广东省教育厅厅长等职。1954年5月调北京，任人民出版社副社长兼副总编辑。1957年划"右派"。1959年摘帽。1960年到1978年在上海辞海编辑所做编务工作。1978年夏调京。后任人民出版社社长、总编辑等。1983年申请退休。著有《严秀杂文选》《审干杂谈》《牵牛花蔓》《一盏明灯与五十万座地堡》《半杯水集》《京沪竹枝词》《天堂往事略》《微觉此生未整人》等。

目录

前 记 1

一 土改记异 1
二 打虎记零 8
三 镇反记慎 11
四 肃反记无 19
五 四清记实 29
六 反右记幸 68

附 录

一个地下党员被人供出后有无不被捕的
　可能？ 112

我所知道的胡耀邦为"六十一人案件"平反急如
　星火 117

特 载

吴 江 一本有严肃意义的书 123

前　记

在我一生经过的一些大事中，我的原则是：一切按具体情况处理。明知其错的我绝不干。为此要付出多大代价，我无条件地承担就是。世界上很多事情，常常都会有例外的，唯独有一件事情，我以为绝不能有例外，那就是：良心。

本书中的几篇回忆，均为新写。时间虽已过去很久，但一切如在目前，写作十分顺利。其中"四清记实"部分，我以为极其有趣。虽然它的基本内容，在上世纪80年代初，就曾以《审干杂谈》之名，在北京群众出版社及湖南人民出版社出版过小册子，但那书名有点像是在号召加强阶级斗争似的，在社会上也无影响。出人意料的是，老大哥吴江同志竟然看了此书，并写了长文予以多方嘉奖，这给了我最大的激励。于是，一块顽石变成了一片美玉。高山流水，感激无涯。因此，这次我又用心将这些事重新写了一遍，事情由简而繁，看起来可能更有趣一些。"四清"弄了两三年，被"清"者何止千万人，可惜未留下多少真实的记录。一次一位访问者听我讲了一两个此中故事，笑着说，你这怎么有点像侦探案一样。

我说，很对，有的地方像福尔摩斯侦探案；不仅如此，有的地方还有点像日本的推理小说呢，不过那时还没有推理小说之名。细致推理精神均可运用。

本人一生写的东西，最重要的应该就是这篇所谓《审干杂谈》了，因为那是拼着我的生命去证明了那三十个人都是无任何罪行的——而这却是同"四清"的目标根本相反。我又不是用"一风吹"的办法，而全都是凭真凭实据得出的结论——任何神经正常的人都能接受的结论。同样地，在我一生中，在1952年的"三反"运动、1957年的反右运动中，我做的也全是一模一样的事，今就此三事新写一点儿回忆，列入本书中。人的一生不是由文字写成，而是由一个人的终身行动写成的。一切要由实践检验。像"三反"，至今已过去六十年了。事实证明，我单位别人的"打虎"的事是全错的；我这之后立刻"放虎"并没有错。

另外，我因为在反右中出了点名，可能有人以为我准是个能飞檐走壁的江洋大盗。现在，我把这事也简单写出，其实连什么小事也没有。有关反右问题的，对我传说很多，虽均认为我是自动报名的，但与真相仍差很远。因此我从未对任何人说过1957年我划"右派"一字。此事除了人民出版社五人小组等知道外，其余在社会上确无一人知道任何东西。因此我就一直不说，因为说了也无人相信。现在在2012年10

前 记

月出版的戴文葆先生纪念册《光辉曲折的编辑生涯》上,有殷国秀老同志的一篇文章,间接提到了我,而且复查了档案,我就能讲讲此事了。

我写此书,有一个微小的希望,即:对任何人的生命和声誉,均应该予以无比尊重,这是人与非人的界线,千万不要去做相反的事,或颂扬相反的东西。

作 者

2013 年 8 月中旬

一　土改记异

概况

1952年大概是2月中旬，我在广东工作的时候，由于土地改革的命令急如星火，虽然在此地还相当不具备土地改革的条件，主要是领导土地改革的一个条件，即领导土改的庞大的干部队伍还不存在的缘故，大家都不知道什么叫"土地改革"的时候，上面急如星火的道道命令下来，即刻就要全面土改。我被命令带领一支庞大的土改队伍，开赴当时属于广东肇庆地区的一个山区穷县云浮县（依当时的情况看来，似乎像个极穷县）去做全面的土地改革，这算先行县。这个队伍大概二三百人，是以广东省的文化干部队伍为主，其次是华南革大的一批工作人员，再次，是一批岭南大学（原属教会大学，但成绩相当有名）的毕业而未分配工作的学生。总人数恐有二三百名。我当时是一个南下干部，虽然1947—1948年在山西、河北、山东参加过三个省一年半的土改，心里还是很慌；其余的人均未参加过土改，我觉得这次下去难办得很。但所幸临时增派华南革大的一个部主任老王同志,一个北方的老根据地的干部。我自知经验不能同他比,靠他了。幸运的是,云浮县委赵书记是南下干部,抗日战争与解放战争期间,有在山东与东北的地方工作与土地改革的长期经验。因此,事情就好办多了。而且,我看得出来,赵书记是主张求稳,反对大乱特乱,反对反复翻烧饼(东北叫"煮夹生饭")的。因此,从根本上我们三人就有共同语言了。

我们这个队伍中,有些大名人,如画家关山月,作家陈残云、韩北屏、杜埃等,倒也显得队伍壮大。

从根本上改变冷冷清清的工作方式

当时是必须严格按照中央尤其是武汉中共中央中南局,特别是(代)第一书记邓子恢的规定办事的,即:土改工作队进村后,必须绝对地、长时间地"访贫问苦,扎根串联",建立或重建阶级队伍之后,才能谈得上进入斗争,如反霸、斗争地主等阶段;之后是分田阶段;再之后是建党建政、动员参军等阶段。再之后,又是另派工作队来搞"复查"等等;一个否定一个,一个说前一个"右倾"。已形成宪法,半点不能移动。

开始我即不赞成这一套,因为我在山西、河北、山东进行过土改近一年半,知道怎能照这个模式进行。照此办理,一场

一 土改记异

土改前后要拖两三年，工作队动不动就要换三几次。翻烧饼、煮夹生饭，一次一套，统统反右，从不反左，不把农村搞得稀烂才怪。但那一套在当时是最高主持土改的人十分坚持肯定的，因此，我们几百人下村后，也不得不照此办理：工作组进村后，照样是冷冷清清，找鳏寡孤独扎根串联，行动偷偷摸摸，怕地主富农"狗腿子"看见，群众则久久也不知这些工作组是来干什么的。如此搞了近两个月后，冷冷清清，工作没有什么进展。我感到如此"访贫问苦，扎根串联"下去，半年之内群众也发动不起来，我们反而变成是做地下工作了。

如此下去，又要把一村土改，三年完成了。于是，我在县里同县委赵书记、副领队王某某同志协商，我提出将在外，君命有所不受，从根本上改变工作方式，大张旗鼓，大范围接近群众，震慑极少数可能的坏人和土改的反对者，以减少弱小穷人的怕报复的顾虑。我提出大村的工作组内，应设一"小公安局长"，他的任务就是一天到晚上门去找我们怀疑为坏人、"狗腿子"、顽固土改对象的人谈话，要使他们紧张、心慌，转而老老实实，停止地下活动。现在是我们每访一家贫下中农，都要回头看看有没有"狗腿子"跟着。一句话，我们必须变守势为攻势，即从根本上变被动为主动，变被坏人监视改为我们监视他们，变秘密工作为公开工作。必须全面改变局面：现在我们不是做"地下工作"，而是做"地上工作"；不是"守势"，而是"攻势";不是做"敌强我弱"的,而是做"我强敌弱"的工作。总之,原则上,工作方式要完全颠倒过来,一切都要变被动为主动,变秘密为公开,变防守为进攻。

在县城里的三个主要领导意见完全一致。说得不客气一点儿,这三个人都是北方老土改,过去只能服从,现在根据具体情况,能够自己做主了,就改行适合于本地情况的做法。于是,我们把分散在两个区里的几个党员老同志陈残云、杜埃、李门等请回来开了一天会,大家都同意彻底改变工作方式,再不能如此冷冷清清下去了。作为县委和工作队的共同决定,把绝大部分的工作队队员找回县城开会一天,我在下午作一总结报告(约一小时),随即讨论,无异议,第二天早饭后全部回村。

以上是一件异常的事,下面还有一件更为异常的事。

贫农家中有小老婆、丫头的问题

在云浮工作个把月后,就了解到以下几个很难解决的情况。一是一些中农甚至贫农家中有小老婆,甚至丫头,而且不是很个别的,甚至多数的村庄都发现有此事。二是云浮县北面是面靠西江,船运繁忙。三是云浮境内几全属山区,解放前是个很穷的县。因此,云浮北部靠西江江面的一些山村,有的就是兼

一 土改记异

以抢劫往来船只为重要收入来源之一。

我们在县里的三个人（白天搭"单车"到城周三十来里的村庄去了解情况），就讨论这些问题。先是弄清情况。这些"小老婆"与"丫头"是怎么来的。据说来源已有十多年了，抗战时期，湖南南部（也有江西南部的）各县在遭遇特大水旱灾时，就有一些少妇、少女逃荒到此地来，当时被某些农家收养，活了一命。有的没有回去，就被收养户慢慢作为小老婆或丫头了。这些人因生活有着，也就并不要求回乡了。我们的土改工作队下乡后，也未了解到她们有回乡的要求。于是，县里的三个人，就同陈残云、杜埃、李门几位队委商量如何办。事先在县里商量时，县委赵书记、工作队副领队王某某同志，倾向是看得出：不告不理。——把她们解放了，何处可以收容她们？我早是这个意见：恐怕只能不告不理，解放了谁管饭？政府财政支出没有这一项，这同收养孤儿不一样。扩大讨论后，一个上午也定不了。下午，我不得不说了：解放奴隶，但我们现在办不到，现在似乎已发现十几个了，将来云浮全县会有多少人，少说一点儿，一二百人吧，上午宣布解放了，中午谁给她们开饭？后来达成一致意见：不告不理。因新政权没有安置她们新生活的力量。我说，这事太特殊了，我代表大家到肇庆地委请示后才能解决，我们不好轻举妄动的。

群众性的抢劫问题

另一件大事：云浮县北境处于西江之南，西江水深流缓，是广东境内的第一条大江，上下水大运输木船相当繁多，水运十分发达。而云浮县北境为山区，非常贫困。因此沿岸一些村庄，多有集体抢劫上下来往船只之事。一般是两三条小划子带上各种武器，把客货船强迫押运到南岸江边，做集体性抢劫，有的妇女、小孩也参加了。只限抢钱抢物，一般不伤人杀人。这是集体性行动，我在河北、山东两省土改时，也听说过这种现象。有的村冬天农闲时，就有人三五成群地外出几百里抢劫，不杀人，留路费，被劫者保存了性命，谁也不去告官，这些人还大力保护本村。因此，他们的行动也就是半公开的。我说，这种现象，怕全国都有，官方怕惹麻烦，素来不理。讨论来讨论去，也是一般不清理旧案，有命案者要清查，无命案者，工作队公开讲明此事，要有关者在小会上作些检讨，特别注意发动妇女去劝导丈夫、儿子检讨。所谓"检讨"，也是点到为止，不要求深刻。太具体了，太深刻了，就牵涉犯罪问题，我们临时县人民法庭庭长关山月就要到处去开庭了。

以上问题，我说事关重大，要到肇庆地委请示才能决定。我去了，向地委书记梁嘉报告情况，请示我们草拟的办法能否施行。梁嘉同志很客气，说：老曾同志，你说的这些情况，我们早就知道了，打游击时就知道了，这是解放前留下的老问题，我们不敢提出解决办法，怕说我们右倾、地方主义，你这来好了，除了照你们的办，还有什么更好的办法？我们并商定，不再请示陶铸了（中共中央华南分局第四书记，实际的负责人，因第一、第二、第三书记均已不在广州）。这对他们也是个大难题，将来如果说是错了我们顶着不要紧，反正我们是小干部无关紧要，一扯上陶铸，就是路线问题了。

就是这样，我们在梁嘉同志批准之下，就自行解决了一些这一类奇奇怪怪的问题。

这些都定出了大致方针以后，我们就决定召开一次土改队员大会，四分之三以上的队员都进城来了，对以上诸问题，由我作了一次报告。

此后不久，忽接肇庆地委通知，分局来电，要我立即回广州。我只得照办，我在云浮的工作，只能由副领队王同志代理了。

二 打虎记零

1952年4月底5月初,我带着一个很大的土改工作团在广东云浮县做土地改革工作,正进入一个转变地下串联为大张旗鼓的工作方法的关键时期,忽接叫我即回广州的命令。当时我的工作单位是在南方日报社(任社长)。我匆匆赶回一问,说是本单位进行了一段时间的"三反"(反贪污、反浪费、反官僚主义),其中"打虎运动",即反贪污运动,已经打出了一群大、中、小"老虎",关在"老虎洞"里了,副社长杨奇同志已经被打成"大老虎"。我问是怎么回事,单位的秘书兼党支部书记张敏年(广东人,抗日战争初到华北参加根据地抗日工作的)说:我们一点儿都不知道,是分局(指中共中央华南分局)副秘书长××同志带着一个工作队来打的,现在关在那里,所以上面要你回来处理。我先去看了一下"老虎洞",在一间大房间门口看了一下,杨奇等七八位同志在其中。我应该也可以进去看望他们一下,并讲几句请他们不必担心,一切都会按照事实处理的话。但是我没有,至今我还为此事感到十分可耻。因为我当时如果进去看看他们,是完全不会产生任何

二 打虎记零

麻烦的。因为我没有被怀疑的可能。但是我没有进去，所以我至今感觉很可耻。之后，我就上楼去见打虎队长××同志。他是老前辈兼老熟人了，他说把这群"老虎"交给你了，我立刻就走。我也没有留他，我不能不立刻就接管这个问题，他留下来反不好办。下午与张敏年商议，现在天天还要工作，稳定军心最重要。我们决定晚上9时召开党员大会。我建议请杨奇同志出席。杨来了。会议的唯一议程，是叫我发言、表态。我站起来好几分钟，终于落泪了，我说了大约一分钟。我说"打老虎"的事情，完全决定于是否有可靠证据，今天大家都要我表个态，我就表这个态，余无别事。结果无人发表意见，散会。这个会至多开了十来分钟。

后来，我也未怎么抓这件事情，因为这是硬逼、硬打出来的，根本上没有什么材料，或者找些事情来附会上去罢了。比这更严重的事，我都体验过，所以我能判断这些全是假的。我一看这些"老虎"，吓了一跳。他们怎么可能会在进城之后，就立刻变成贪污分子呢？这些人，有些不是比我参加革命早吗？他们中有哪一个不是经历过多年苦斗，不惜牺牲生命来干革命的呢？有些人还经历过几年艰苦危险的游击战争锻炼的，怎么一进城几天就变成贪污分子呢？我想我自己没有在进城后想要过一分钱，他们与我有同一个目标，走同一条道路，解放后做同样的工作，过同样的个人供给制生活，我没有想到去贪污，他们怎么就会成群结队地去贪污呢？一群冒着贫困、流亡、被捕、死亡的危险而干了几年、十多年的革命，总算保住了生命的中青年们，怎么会一下子就变成贪污分子了呢？我从根本上不相信会有此等事情。因为，这同说我也是"老虎"其实是没有什么区别的事情。我了解到华南革命大学副校长罗明也已被打成"大老虎"了。同杨奇一样，均在《南方日报》头版头条，大黑字体公布了的。罗明是谁？就是土地革命时期的福建省省委书记，他提出在边界地区宜施行一些相对和缓一点儿的政策，于是，他被批为右倾机会主义"罗明路线"。罗明是提出相对正确政策的人物，是被极左错误坚持者批判的相对正确一些的上层人物的代表。延安整风已经解决了这个问题，即罗明是比较正确方面的代表。

就这样，几个月过去了。后来，为罗明、杨奇两位同志"从轻处理""宽大处理"开了几千人的大会。那时没有"平反"一说，如果确属无罪时，也是"宽大处理"。这就是说，本来你还是有罪的，来个"宽大处理"就无罪了。

罗明、杨奇同志半正式地平反后，报纸也照样在头版头条黑体通栏登出他们平反的事情了——不过未用"平反"二字。

如果我回广州说了一句"打虎"的话，我今天就不敢写这个回忆了，因为同事中有相当多的人比我年轻，他们会记得的。

三　镇反记慎

1950年初，即全国解放的一年多（有些地方才几个月，如广东、四川、云南等地）后，在全国发动了一场大张旗鼓的镇压反革命运动。在全国的一些大城市，如北京、上海等大城市中，恐怕整整有近一年或一年多，是最中心的工作。天天要向北京报告镇压人数（"镇压"，长期以来的死刑代名词）。这个运动为什么叫"大张旗鼓"呢？就是这是一切工作中心的中心，随便你火车站、菜市场、电影院、医院、公园中，都必须贴满大标语，牵起大红布的口号，只要有人居住的地方，就必须是满墙满壁的大标语口号。报纸更是几个版面都是"镇反"宣传品，前后总要宣传好几个月。各大学（以至中学）、工会、青年团、妇联，特别是各街道居民委员会……更是长时间学文件、读报纸、开控诉会……总之，凡是进行这项任务的，党、政、军、民、学，全民各界，都要事先宣传到，同时充分揭露到、控诉到，确是成了一个时期大中城市压倒一切的中心工作。那一两年，对这件事是：公安管实行；党、政、军、民、学、宣则长时间管宣传活动。

广州是 1949 年 10 月初旬后解放的，敌人前几天就全部跑光了，我大军是在敌军全部撤退后昼夜兼程赶进广州城的。

北京是 1949 年 1 月解放的，上海是 1949 年 5 月解放的，南京比上海更早一些。以地下工作来说，广州虽然也很可观，但比起北京、上海来，恐怕还是要差一截。因此，广州的广大市民，对共产党、解放军的了解程度，比起上述城市来当然也就有相当的距离。何况地邻港澳，反动派利用港澳为基地而做的反共宣传的影响，当然在全国是最深的。

上面这些说明，似乎全是废话。其实这些是说明本节问题的根本背景资料，不然你就无法理解本节所述问题的重要性。

1951 年快 4 月底时，我在广州南方日报社工作，我和杨奇分任正副社长，另一总编辑，似新来不久。近 4 月底，一晚 9 时后各有关同志，如采访部主任曾艾荻、编报部主任吴楚、编辑部秘书陈鲁直等六七人正在商议决定明天四个版面如何安排时，采访部政法组组长成幼殊（女，地下党员），忽然紧急拿来政法组记者刚从省公安厅紧急拿回的，明天要处决一百四十多人的名单，和每个人两三行的罪状。我说，坏了，坏了，我们事先没听说半个字呀，怎么能配合宣传呢！？大家通通变色了。因为大家都看了近一年的京沪各地报纸，知道大镇反一来，报纸是必须同时推出四个版面甚至是加页，集中持续宣传此事的。而我们则刚刚拿到罪状名单，明天如何见报？

三 镇反记慎

我们没有社论,没有事先写好的大量控诉资料,没有社会名流支持的谈话,没有受害者对死刑犯的控诉,任何宣传资料都没有,连个社论也写不出。何况一次处决一百四十多人,历史空前,新区群众如何能体会这些!?我们报社乱成一锅粥,都认为明天绝不能这样出报呀,怎么办呢?中央的方针明确得很,是强调大张旗鼓,即大规模的宣传活动,要让群众家喻户晓这些人的罪恶。

同时,我们看见,这当中确有一些曾是杀害我们重要著名人物(现已记不清了)及1927年时杀害苏驻广州总领事的执行连长。其中还有一个解放前的省教育厅长×××,经记者了解,是解放广州后又从香港公开回来的,这人要处决究竟是怎么回事?

此外,我早在延安或进北京前在西柏坡时,就听说过或听过报告,一些重要的民主人士(记得好像有沈钧儒、黄炎培)对我们善意地提过意见,说,你们镇反时,总是"公审",罪名总是"一贯反动,罪大恶极"之类,这怎么行啊!(说不定是1949年3月进北京后才听说的。)

我们这个"编前会议",苦了两个小时,连11时的夜餐也端进来了,只是没有人吃得下一口。大家毫无办法,我们有什么发言权呢?我们的义务就是照登不误,标题越大越好。

如此苦恼了两个小时,毫无办法,你望着我,我望着你。

忽然，副社长杨奇同志说："现在只有唯一的一条路，就是由老曾同志打电话给'203'了。"这是什么意思呢？广东初解放时，叶剑英同志的代号是"203"。半夜三更我又怎么可以干这种事呢？原来当时有这么个规定，报社的主要负责人，在万不得已时，可以在后半夜打电话给党委主要负责人。因为第二天出不了报，对党委主要负责人来说也是个麻烦事。大家又议论了半个小时，都说，只有这一个办法了。我说，规定是规定了，谁敢实行？又议论了很久，我说，万一是"203"看过的呢，这个钉子可碰得大了。再议论很久，这回主要是分析叶帅知不知道此事，看过这罪状没有。我说，分局每周一次扩大会，我参加的，但上一两次没提起过这件事情，从这点看，"203"可能不知道。再说这个罪状，"203"长期在蒋区做上层交往工作，论道理他是不会接受按这些罪名去处决人的，这种处决罪名还是土地革命时期的老做法，连我们都接受不了，他会同意吗？这样分析来分析去，杨奇特别同意后一说法，这种罪名"203"不会同意，他说，恐怕只有与"203"打电话一条路了。我横下一条心，大着胆子就打了，时近午夜12点，打与他的身边秘书。秘书那儿倒也顺利，说他先去报。约十分钟后，"203"本人来了，"203"先说："你是曾××吗？这事你有意见吗？这可是毛主席定的政策啊，你有什么意见！"我说："不是，是具体情况太奇怪了。"我只能简陈几分钟。叶帅又反

三 镇反记慎

复问,我说:"真是这样的,……所以我要报告。"叶帅回答说:"好,你在1点钟前赶到小岛。"东山小岛小区是中共中央华南分局与叶帅的住地。我立即出发。见省府常务副主席古大存、华南分局另一个宣传部副部长李凡夫已先到,另有分局办公厅主任林西,叶帅的主要秘书姚天纵已在座,第三书记方方出差了。我到后不久,叶帅也下楼来了。不久,省府××厅长(华南分局社会部长兼),华南分局社会部一处长××同时也很生气地来了。那个处长把身背的两个麻布口袋的材料往地下重重一丢,二人均有怒色。坐下,叶开场几句,即叫我发言。我讲完,对方也讲情况,说今晚分局社会部、省公安厅、市公安局等均漏夜办公,参加这一具体行动的(包括沿途及周围警戒的)有一千多人,一切均已准备完毕,准备明天,不,今天9点执行。我一声不吭,知道对方名声很大,在江西时代就是做此事的。叶帅再叫我讲,说"报馆"有点意见(这些老前辈用词多是老习惯,把我们叫"报馆"),听他们也讲一讲。我就大致讲了上述意见。李凡夫也发言支持我,说,我们宣传工作全不能配合,也是违反中央指示的呀!对方反复讲准备了两三个月,今晚一千多人漏夜办公,不大好办了。跟着古老(古大存,省府常务副主席,华南游击运动老负责人,延安整风时中央党校一部主任)也表示,他也不知道此事,只有一个空洞罪名的东西,"一贯反动,民愤极大",怎么行呢?对方反复坚持,一切已完全准备好，要改变影响也不好。叶帅很沉着。他说，这么大的行动，分局事先不知道。对方立刻反驳说："分局开会讨论过。"叶说："那是原则性的，决定坚决执行中央的指示，报馆也参加了，知道的人很多，那是个内部动员会，不是行动指令。"对方再三强调他们只是在执行中央与分局的指示。叶帅回答有点刺激了："要不是报馆通知我，这么大的事情我也要明天看报才知道呀！"古老说，我也是，用省法院的名义，我根本不知道。对方又说，"大张旗鼓"，我们没有那么多宣传干部呀（作者按：那时，"笔杆子"这一词还未出现）。接着，李凡夫立即回应：这事是全党动员呀，我们还会找不到宣传干部吗？总之，说来说去，对方并未让步，坚持明天执行已难于更改。这时，叶帅不得不把最后的重话讲出来了，说："我们要记住中央苏区的教训呢，这刀把子究竟是掌握在党委手里，还是掌握在保卫部门手里，这是有很深的血的教训呀！"我一听这话，就知道叶帅已下了最后的决心。对方当然更知道，叶帅已讲了最后一句话了，立即很不满地说，我通知明天停止执行！于是就离座到厅内边上打了一个电话：明天停止执行！等一会儿又说："是，全部停止执行，原因等我回来再说。"之后我说我也要打个电话，报馆也是一百多人在等着我回话呢。那里只有一部电话机，我也只能在那里打。

之后，就由叶帅指定林西、李凡夫同志，草拟内部开动员

三 镇反记慎

大会与组织宣传队伍,遵中央规定,要做到家喻户晓,每个居民小组都要开宣讲会、声讨会。

重新整理罪状事,叶帅说,这事是报馆提出来的,就由报馆抽人去重新研究和起草草稿(指布告)吧!我说,我两天后就要带领华南代表团去京参加全国宣传工作第一次会议,会上就决定先由报社副社长杨奇带领一个队伍到公安厅去帮助他们整理材料。

我可能是1951年4月26日或27日离开广州去北京开会的。两个星期会完后,我们队伍应上海市委宣传部之邀,往上海走一趟,因为我们中有人未离开过广东、海南岛,所以很想多走几个地方看看。5月底了,我回到广州,已执行了。具体情形,我就无权再过问了。但为什么又拖这么久?杨奇说,我们几人是到监狱办公室工作的,材料乱得很,很难整理出一个个人的明显事迹来,所以拖了个把月。我说,还用"一贯反动,罪大恶极,不杀不足以平民愤"吗?杨说,这个取消了。

又过了几十年,大概是20世纪末,陈鲁直、成幼殊夫妇作为外交部的离休干部与我同住方庄,我因行动不便,闭门不出,他们来看我。我详细问过成幼殊两次,成说,是乱,是杂,材料不具体,我们开始去四个人,在监狱办公室办公,有两个新党员,不起什么作用,不久,就是我跟杨奇两个人了。我问,人数有什么大变动没有?她说,没有大变化,重新摸了材料,把空洞的"一贯反动"的一类词改为一些具体罪行。但应如何具体处理,我们就无权过问了。报纸当然准备了很久,算是大张旗鼓地做了一些宣传了。

四　肃反记无

我是于1954年从华南调到北京,到人民出版社工作,任副社长兼副总编辑。原已有王子野任此职,王博学多才,为人谦厚。加上我,大概是加强一点儿力量的意思。我到时正好遇到中央(好像是以中央书记处的名义)单为人民出版社工作发了一个指示,我印象中这指示中已有后来"百花齐放,百家争鸣"的精神了。所以1954年后的三年半时间,我们的工作是比较开放的。那时商务印书馆、中华书局等都还未重新启动,人民出版社还用三联、世界知识出版社招牌出书,垄断了。我去人社一看,真是将星云集,张明养、谢和赓、史枚、冯宾符、陈原诸先辈,以及黄季芳、戴文葆、王以铸、彭世桢诸学者型的编辑,哪个不比我高明十倍?

我去以后,略有自知之明,对上述诸先进,大体上均以师事之,而且是出之至诚。因此,我同诸先进均相处甚好。但我基础太差,所学极有限,实在惭愧。

1954年,我们是执行中央指示,开拓局面。那年是"批判胡适年",全国批胡文章如雪片飞来,我们奉命以"三联"

名义接连出了八厚本《胡适批判选集》，由史枚前辈主其事，由我签发。我问史看过没有，史说："哪楞奈？"（上海方言，哪能够呢？）胡适后来说他看过大陆的批胡文章，但未谈及八大本，估计他不一定看到过。

胡适的威望大体上是越批越高，因为过去不知道胡适为何人的人，现在也都知道了。胡适对什么学术主张，均只强调一个原则，叫作：拿证据来！这胡适还未批完，早已转为更为尖锐百倍的反胡风了。胡风一事，使上面大吃一惊：原来我们内部还藏有这么多国民党特务啊！因此，立刻又同时在全国内部开展了一个不加宣传的"肃反运动"。即是在全国每个机关单位的人员，都要开展一次全面摸底的内部"肃反"工作，要过滤一下本单位的全部人马，看看有多少潜伏的反革命。并由上级指定在单位内部成立一个不公开的"五人领导小组"，简称"五人小组"，专门领导此项工作。

从此以后，这个五人小组就成为本单位一切工作的最高权力机构了。上面指定曾彦修、王子野、陈原、谭吐、周保昌五人为人社五人小组成员，曾为小组长。我打了几次电话与出版局长金灿然，请以王子野为组长，请以范用代陈原，因陈入党不久。金答应转陈意见，并很同意我的意见。我反复问结果如何。金答上级尚无答复。我坚持再陈我的意见。过了两三天，金电话来了，说："老曾，你怎么还是这么书呆子，上级答复说，不变了。你也不要再提意见了,为什么,你自己想想吧。"

五人小组中的王子野、曾彦修、谭吐各包审查几个人,陈原与周保昌未包什么人,因为周保昌日常行政事务太忙,陈原同志则是一个学者型的人,而又刚入党不久,对这些事就不去为难他了。这个五人小组的正式名称是什么,我始终不知道。在中央叫"十人小组",正组长是陆定一,副组长反倒是罗瑞卿等九人,因为这是从反胡风弄出来的,就以陆为组长了。

人民出版社,被人事科提出来要查清有历史问题的,有多少人,我现已记不清楚了。但要说总的结果,我倒记得清清楚楚:撤销了对怀疑对象的怀疑;没有增加一个怀疑对象;弄清了全部怀疑对象(即没有增加或加重对他们的怀疑),对他们更放心了。提出一个在外单位被开除党籍的人是处理错误的,应予恢复(钟远藩同志);最重要的是明确弄清了一个重要人物没有任何政治问题,更不要说什么"国特"之类的事了——这就是鼎鼎大名的戴文葆。对这个全国知名的出版界十分优秀难得的人物,关心他的人比较多,但相对能说清楚他的事情的,全国至今确只有我一个人。因此,此文对此事要多说一些。

戴文葆,江苏阜宁人。抗日战争后毕业于家乡的阜宁中学。1945年作为流亡学生毕业于重庆的复旦大学。1951年或1952年由上海至京,由解放前上海地下工作时期的好友、老党员范用介绍入北京的人民出版社工作。因能力突出,较快地升为人民社内的"三联"编辑室副主任（主任是邹韬奋先生上世纪20年代末编《生活周刊》时的助手史枚老前辈）。在北京出版界、新闻界声誉甚高。

大约在1954年冬或1955年春，一天，王子野同志忽然告诉我说，昨天在什么会议上，陆定一同志把我叫起来问，说："王子野，你们那里有个国民党特务，叫什么……大公报来的，你们怎么置之不理？"王起立解释说："有此风传，我们在认真审查他，现在还没有什么证据。"1955年反胡风运动高潮将过之时，一次，我参加中宣部召开的干部会（实即后来常称的吹风会），陆定一同志又把我叫起来，问同一个问题，我也是照王一样的回答了。之后一个时期，文化部副部长陈克寒又到人民出版社来检查内部"肃反"工作的进度，陈说：你们这里放着一个"死老虎"，为什么你们一动不动？我说，指戴文葆吧？陈说，当然是。我说，我们哪敢不加紧审查，不过现在可说还什么结论也谈不到，而且对他的这个怀疑本身也不知道是怎么来的，忽然就起来了，但是，这么大的问题没有确证是不能提出的。这次陈也没有多说什么，因为他也是耳闻而已。

对此事，我已经找戴谈过三次了，一次约两小时，纯属他的详细自述，有时我插问一下。此外，对此风的来源，我们也大概知道了。

此事根本上只能是由于××的催促。大约1954年的冬天，

四 肃反记无

中宣部调进了几个名人,我知道的是人民出版社副总编冯宾符、人民日报社的副总编杨刚、光明日报社的副总编邵宗汉等四五个人到中宣部,似乎是以独立的国际问题专家身份供咨询。戴文葆读中学后在家乡阜宁县的县政府工作过,此事在北京只有原大公报的李纯青、杨刚两个老党员知道,因为解放初期戴文葆在上海《大公报》时向他们报告过。这是我在与戴文葆作三次详谈中知道的。而杨与李是对立的,戴文葆则受到李纯青的器重。这些都是上海解放前的一年多在《大公报》内部的事。戴告诉我:杨认为李纯青太保守、右倾。杨、李解放前即在《大公报》工作,均是地下党重要人物。

当时我们单位的审查对象十几人,由五人小组的曾彦修、王子野、谭吐三人分别担任初审,另两个成员陈原入党不久,不善于此等事;秘书长周保昌则一社当家,日常事多,就未专门分担任务了。戴文葆是分在曾的名下。

我为什么1954年三四月一进人社后不久,就第一个认识并特别尊敬戴文葆呢?原因是很简单的。我看了他两回审稿意见,令我非常吃惊和钦佩。意见长长的,有学术根据,措辞谦逊,文辞简洁扼要,全部基本楷书,如有错字,不是划掉另写,而是另写一字或数字贴在上面,像考进士一样认真。我大惊:虽觉得近于迂,但觉一个人做事认真负责到如此地步,实在令人折服。我想,1945年一个当时并非一流大学的毕业生,一下能进入《大公报》，要不是在哪一项工作中有超人的良好表现，并被那个决定性的考官（时张季鸾已去世，我估计是王芸生）特别看重了，是不可能进去的。我无学识，但很佩服有学问的人。因此，此后我实际上是以师事戴的。

我和戴的几次细谈中，得知戴的一生及对他提出怀疑的关键原因了。

戴，江苏北部阜宁县人。于抗日战争开始两三年后在本县中学毕业。当时，广大苏北地区，除徐州等少数战略要地为日军所侵占外，绝大部分地区，敌寇还未去过，新四军也还未在苏北活动，广大地区仍旧是战前国民党治下江苏省政府的老政权。因此，广大苏北县份毕业的中学生，如不能到外地升学，就只有在本地找个饭碗或回家赋闲。其时，原国民党的江苏省政府已迁至苏北。这个政府当然也要成立各地政权，开办青年训练班之类。戴也进了一个训练班。〔作者按：当时，除极少数革命青年奔赴延安入抗大、陕北公学、鲁迅艺术文学院等之外，国民党区的中学生毕业后极少数能升学，少数能在社会上找个饭碗，其余绝大部分均只能回家赋闲。戴于中学毕业后不久，即经地方人士介绍或考入阜宁县政府（国民政府下面的）一类叫作"情报室"之类的单位任小职员。〕这时期，新四军还未到阜宁，敌人也还未到此，因此，这个机构并无工作对象。唯一的事情，就是在县城及周边市镇找题目做文章，敲诈老百

四 肃反记无

姓。戴是爱国小青年,又想升学,便极其苦闷。在那单位待了一个时期之后,大约是1941年春,就偷偷地在一个晚上,一个人雇了一只小船,不告而别,乘船辗转到了南通江边一带,又转至上海,然后经浙西、江西、湖南等地到了重庆,并于1941年夏考入复旦大学的政治系。当时的国民政府在江浙几省的几条大路上均设有沦陷区青年招待所之类,沿途可以免费食宿,他们在这几年做这些事情,都是对的。到重庆后,凡属于沦陷区青年,均无条件享有"助学贷金"待遇,可以全年以"贷金"方式取得很低的生活费用与读书费用。1945年夏毕业后,戴不久即进入《大公报》工作。当时学文史哲的青年大学生哪个不想进入《大公报》,但是有几个能进去?《大公报》这一关,确是人才关,他们唯才是用,前有范长江、萧乾为例证。

戴一直在《大公报》工作,直到解放军进入上海。大致是1951年,国家发了命令,有五种人要往当地公安局登记。戴以为自己在阜宁县政府"情报科"之类的地方待过,便自动到上海某区公安局去登记。公安局问明情况后,说,你这不在登记范围之内,回去向单位交代吧。戴回来自然照办。于是《大公报》中的两个老党员李纯青、杨刚都知道了。人民出版社成立不久,戴觉得在《大公报》受歧视,便到京经由范用介绍,转来人民出版社工作了。(解放初期一两年还有个别这样的事。)

以上的情况,是我在1956年以五人小组身份找戴来详谈了两三次,一次基本上一个上午,才知道的。我即劝他,不要紧张,我们会详细调查,决不会乱来的。对他提出的疑问,只有详细调查之后,才能做出估计或结论。我们决定派人到阜宁县去做认真调查。派去的,是人事科副科长李西克。他去阜宁仔细了解了一回,很认真,钻的地方也不少,但是,均不知道戴文葆是谁,没有得到多少结果。但我觉得他未问县公安局是一疏漏。我说,对过去敌伪及国民党时期的公安情报特务部门,最关心的是县公安局,对历史情况,他们是要尽可能了解的,所以还要烦你再去一趟,如县政协老人、老进步教师、地方进步人士、公安局等,再去了解一下,不限于组织部、县法院等。于是李又二次去阜宁,两三周后,带回了我们意想不到的真凭实据,说明戴不但没有问题,而且认识很清楚,是冒险逃出阜宁的。李在反复调查中,公安局一同志说,我们这里有一大堆书面资料,怎么传下来的已不清楚了,摆在那里我们也未用过,你翻翻看,有什么可以参考的线索。哪知李西克一一翻阅,忽然翻阅出一封厚厚的家信,是戴文葆致其哥哥的一封两人未见面的告别长信,是戴年轻时的笔迹。县公安局同意将此信抄件带回北京,说,有事,以后密切联系。我们五人迅速传看完毕,立即讨论。原来,这是一封戴文葆在1940年冬或1941年春致其兄的一封长信,至于怎么会到公安局手里,公安局已说不清了。信中戴对其兄长大诉其内心的苦闷,说县府"情报科"(具体是否这个名字,我不敢肯定,是挂招牌的)这批人不干好事,只会到处敲诈老百姓,他绝不在这里干了。他要逃到西南地区去读书或找生活,决心离开阜宁,并雇一小船,晚上出发,以免被人发现,到长江边,再设法到后方去。不能见面了,请哥哥原谅等。看内容是家事多,县情报科的事是杂在其中的。戴怨恨他们敲诈老百姓的事,也怕自己被他们残害,急于想逃走。这封信一看,太明白了,是戴本人不告而别、冒险离开一个县政府内的情报科之类的部门,历经艰辛一步步走到大后方去读书。看后大家都说没有什么事情了。我说,既然已经清清楚楚了,在结论上就不要写上什么"历史问题"之类了,这只是一段经历;如写上"一般历史问题",总是个"问题",会给以后留下麻烦。此点大家也同意了。我想,戴文葆的历史档案中,他给哥哥的这封长信,以及我起草的结论,应该均还在,不会查无实据的。

1955年至1957年春,人民出版社内部肃反中(即未公开动员,未号召检举自首等)最突出的一个成绩,就是在强烈压力下,我们仍然十分肯定地为一个出版界的杰出人物——戴文葆做出了完全没有政治历史问题的非常肯定的结论。

此外,还有一件事值得记一下。上世纪末和本世纪初,广州暨南大学新闻系(?)主任钟远藩夫妇,曾两度到北京丰台区方庄我的住宅来看我,推不掉,我说我去看他也不行。钟比我大几岁，我实在很难为情。原来他有一事要来告诉我。来后，他激动地说"文革"时期，我因你而被斗得特别厉害，但是我一定要来感谢你。我说，老大哥，在革命上你是我的前辈或半个前辈了，我哪敢当什么呢？他说"文革"斗争我时，查了我的档案，当众宣布说是大右派曾彦修主张恢复你的党籍，可见你同这些老反革命，早就是一丘之貉了。我说，是这事，至今你恐怕还弄不清是怎么回事。你在那里被开除党籍，主管是长期留苏回来的，在苏联谁对上级提点意见，谁就是反党，要开除党籍。你就是这样被开除的。1956年"肃反"时，你已调来人社，我们"五人小组"重新审查这类事，你的事是由谭吐负责的，他觉得不对，哪有这样开除党籍的，便同我商量，我说当然明显不对，应该恢复党籍。可能我签名同意或草拟了恢复党籍的申请书草稿，放在你的档案中了。此事还远未办，就反了我的右派了，因此累你在十多年后受了大罪。第二次来，是因为他们在美国的儿子，要接二老到美国去养老，临行前又要来看我一次，我实在当不起，因为我不过照党章办事而已。

　　再说一遍，我们这次"肃反"，不但没有增加一个有问题的人，反而是给一批人解除了疑问。

五　四清记实

1964—1965年，近一年或一年多时间我在上海一个大中型印刷厂——群众印刷厂，参加了全过程的"四清运动"。这个运动是从河北省某县某乡或某村开始的，叫"××经验"。当时广泛风传出来的要点，是说我们农村的基层党政组织全都"烂了"，全部要上面组织工作队到农村去重新"访贫问苦，扎根串联"，重新组织阶级队伍，重新夺回基层党政大权才行。这个报告，在全国对党内的干部做过广泛传达。它的总估计、总精神不久即向一切干部（即国家党、政、军、文的工作人员）传达、讨论。其时，我于1960年6月已调至上海辞海编辑所工作。但当地市委的文教书记石西民及市出版部门负责人马飞海、丁景唐等同志对我均很照顾、保护，怕我在运动中又被整，因为只要一人起来点了我的名，他们就得照办。所以1964年冬他们就叫我立即去参加群众印刷厂"四清"队，采取了主动办法。这无异于对上海出版系统喊话：这回你们就不要整他了。这用意一看便知。

我奉命参加的是一支有四十来人的"四清"工作试点队，

队长是上海市出版局局长马飞海,一位上海的老地下工作领导者,为人稳重。被"清"的是一个叫"群众印刷厂"的八百多人的大中型印刷厂。这个厂特别是它的装订车间有一百八十多人,是由原三十来个小装订作合并而成的,被认为是一个政治上很复杂的工厂。我就被分配在装订车间工作组。

所谓"四清",是"清"每个人的,次序可能是"清政治、清经济、清组织、清思想"。"清组织"是最后结果,即重新组成该单位或地区的各层领导机构及成员。其实,当时从全国说来,有些地方还未解除饥饿状态,现有无数篇文章证明,"四清"在农村也是老一套,要先"诉旧社会的苦,思新社会的甜"。不过,行不通,老百姓一诉就诉这几年如何苦法。几乎全都不得不改变老办法。

我在装订车间工作组中,开始时是叫我做"群众"工作,即无目的地去找人交谈。这等于无事,人家都在上班,你找谁谈?我无法,有两三个月就是紧紧跟班劳动而已。我看见工作组每个人都抱着几份人事档案,并讨论和交换意见。因我当时不是党员,可以听,但不分配给我任务。组长叫我可以提意见。组内四个工人,两个大学生,再加一个我。但一讨论就牵涉到各个人的历史问题,即解放前几十年至解放前一两年的事情,这些就要难倒组内的一切人了,因为,什么国民党、三青团、中统、军统之类,他们根本不知道是什么意思。但相当一部分,

五 四清记实

我却多少知道一点儿,或至少懂得如何去做调查的方法。组长后来请准上级,他们都是干过地下工作的或新四军来的老干部,他们知道我的"右派"事,但还是完全相信我绝不会包庇汉奸特务。所以,组长明确告诉我:请示过上级,装订车间审查历史的工作,就由你多管了。名称叫"资料员",合法了。

我先花了一个星期(晚上大家加班),把三十来个人的档案大致翻了一下,经历简单的一半多,较复杂的一小半,麻烦一点儿的三四个人。以后即大致从易到难。组内的两个工人,两个大学生干部,都根据组长的分配,努力在市内做调查。其中三十岁的中华书局印刷厂工人费全法,则是调查最用力、最有成绩的一个,到苏北、到浙南去调查过,我则是调查的设计者与分析者。

我们整个三十几人的大工作组,设有一个专管政治审查的负责人,是苏北来的老干部,也很和气,我所做的一切结论都是先要他批准的。

这样做了半年多,我们把工厂人事科(科长是一个三十多岁的女同志,人好得不得了,就是拿着这一堆乱麻没办法)交与我们的三十来份人事档案中的大小问题由我写了书面结论:三十来个被怀疑有各种政治嫌疑问题的,全弄清楚了:一个也没有什么大问题。其中有一个说是在浙江温州的国民党特务机关干过的,肯定、否定均无确证,他是做饭的,算未能撤销对他的某些怀疑。这三十来份档案，有两三份只半厘米或一厘米厚，绝大多数都有两三厘米厚，有一个人有两厚本。我看了哭笑不得：我们在做些什么呀！

我认为，我一生真正谈得上是做了一件工作的，就是这件事，即1965年在"四清"运动中，为被审的三十来个工人及干部，全部洗清了汉奸、特务、政治骗子、反动资本家……这一类的怀疑或帽子，全部彻底以书面撤销了这些怀疑。我一生的其他工作，我认为也就是办公而已。

但是，这又有什么用呢？我们工作队于1965年深秋或1966年初春，在工作了一年多，撤离工厂以后，不几个月，"文化大革命"就来了，一下子，全国又是"地、富、反、坏、右、叛、特、走、资、资"了（指当时初步被斗的十种"敌人"），最初我是从街边理发摊上听来的，意指"地主、富农、反革命分子、坏分子、右派，叛徒、特务、死不改悔的走资派、资产阶级分子、资产阶级反动学术权威"。以后就四十种、四百种也不止了，连主持全国"四清"的人，也第一个就被"清"了。

下面就将我写了结论的三十来个人中的十个，先易后难地举出实例来谈谈。这比看福尔摩斯侦探案可要简明有趣多了，而且全是牵涉到一个人的政治生命以至肉体生命的。

这些事的大致内容我曾以《审干杂谈》之名在北京、湖南均出过小册子，但无甚影响。书名就极像政治空论，无人对之

五 四清记实

有兴趣。现我据实另写,由简入繁,内容也更注意可读性了。

一 一个似乎明明是盗窃公物的人,是如何被证明是毫无其事的

"四清"是要"清政治、清经济、清组织,"还要"清思想",就是说,全国人民都必须个个通体透明,像个水晶人似的。在广大人群之前,人人都必须如此。在这个八百多人的印刷厂中的一百八十多人的装订车间,这些低级的、非技术性工人们又从何处去贪污、受贿呢?但也必须一个个地清,一下子全国普通老百姓又都可能成为贪污盗窃犯了。为此,在这个车间中,人人都首先得过经济这一关,因为人人都可能有"投机倒把"问题。

投什么机、倒什么把呢?因为当时较多存在的,有一个买卖"粮票"的问题。这是指1960、1961、1962年的事情,有的人家急需用几个钱,家中没东西卖,只好卖自家的几斤口粮粮票;一斤粮票大概有四平方厘米,可卖至两元钱,有些人家急需粮食,婴儿嗷嗷待哺,再贵也要买几斤粮票。或转卖至乡下,因为乡下粮食更困难。无粮票,在全国都买不到一颗粮食。所谓"四清"运动,是从"清经济"开始,工厂的"四清"运动,依上面规定,也必须从"清经济"开始。装订车间里有一

个中年妇女，平时人际关系不太好，一直在用一种粗糙的棉纱线织背心，织了一件又一件，群众怀疑她是偷来的棉线。她说不是，但又不敢说明来源。工作组中的工人同志，也弄不出个头绪来，就开了小型讲理会之类。她坚持说是在市场买的棉线。但那时哪有这种市场呢？显然不实。我觉得事情很小，但她哪会有这么源源不断的粗棉纱线的来源呢？斗不下来，是停止不了的。天上会掉下来棉纱线吗？我在工作小组里是"资料员"，可以泛管全车间的事。我向组长请战：我去找她谈谈可以吗？她当然是有来源的，要先解除她的恐惧心理才行。十几年的社会斗争，从未停过，一次运动下来，总有一大批罪犯，哪个不怕？何况谈话的方式离不开审讯罪犯的形式："×××：你只要老实交代，党的政策是坦白从宽，抗拒从严，你不要失去机会，越早一点交代，对你的处分越轻！"这么一段训话下来，对方无缘无故地已经被定为"罪犯"了，往往越是劝导，人家越怕。我找她谈话，先从开玩笑起，说："×××，你真忙呀！一分钟也不休息，人家笑你呢！"她忙问："笑我什么？"我说："笑你财迷！"她说："不搭界（上海读为 ga 的第四声）嘛！"我说，人家说"搭界"，说你投机倒把哩……就这么开玩笑地谈下去。"人家还说你那线团来源不正呢！"她说："偷来的？抢来的？"我看她已毫无恐惧之意，就说："那你哪里来的，天上掉下来的？"她就笑了："告诉你吧，是公家的东西，不过不是偷来的。"

于是她就原原本本地告诉我，她的丈夫在某厂做钢筋水泥制件运输装载一类工作，每天发一双粗棉纱手套，用不完，她就拆开来织棉线背心，拿到市场上去卖。工作组立刻派人去查，完全属实。

对敌斗争后来变成了全民互斗，一天到晚都是敌我。我记不清了，好像是哪个名喜剧作家有一名剧叫作：无事生非！

二 一个自吹参加过欢迎汤恩伯宴会的国民党"地下人员"原来只是一个端咖啡的小工

这一段谈如何弄清楚一个端咖啡小孩的所谓历史上的国民党地下潜伏人员嫌疑问题。

这个人姓张，男，三十几岁。上海人，装订车间大机折页组工人。群众检举他在抗战胜利后，蒋介石派汤恩伯来接收上海时，他参加过欢迎汤恩伯的宴会。因此，这个人可能是国民党的地下潜伏人员。据我们进厂后所知，此人除了平日说话随便，喜欢吹牛，工作上多少有点吊儿郎当之外，并无其他劣迹。但是多年来不止一人检举过这件事，而且检举人都说这是解放前他本人多次亲口讲的。

这个人在解放前确曾参加过什么壮丁训练队之类，但那是国民党军政机关向各大厂商派定的名额，由资方出钱买制服等，到时应卯而已。此事过去及这次都已调查清楚,他本人早已上交制服,即作罢论。

一算这个人的年龄,1945年或1946年时,他只有十几岁,当时是在一个什么征信所或银行公会的小印刷厂做排字工人,这是有人证明的。这样一个身份和年龄的人,怎么能够参加上海市第一次欢迎国民党最高接收大员汤恩伯的宴会呢?不大可能。但档案内和口头上都有检举材料,不弄清楚就不能结案。这次如不管,岂不要怀疑他一辈子?

于是,我建议,仍采取老办法,不搞神秘化,不同他在背后捉迷藏,既然没有什么了不起的大事,就不要自找麻烦,先问清楚他本人再说。我一问,他就笑嘻嘻地说,解放前他确曾向别人吹过这个牛。事情的经过是这样的:他楼上的邻居是虹口某咖啡店的"侍应生"(即服务员)。汤到沪时,上海各界名流二三百人在某大学礼堂开茶话会欢迎汤,由于规模较大,是由若干家咖啡馆联合承办的。张的邻居老师傅受雇的那家咖啡店,也是那天承办这个茶话会的店家之一。这位邻居师傅临行时随便对张说:"小张,侬想看看汤恩伯?阿拉带侬去!"张回答愿意去,于是立即换上邻居师傅的白工作服一齐去了。茶会举行时,这位小张就在外面帮忙打杂,包括把饮料点心等送到欢迎大厅的门口,由邻居师傅在门口接过去再送到客人面前。调查时,这位姓张的工人对我说:"我瞎忙了大半天,就是远远地看了汤恩伯几眼,吃了几块西点,勿格(合)算。"这以后他就乱吹参加过欢迎汤恩伯的宴会,别人再加油加醋,于是就由在场外帮忙端茶送水变成了参加宴会,又由参加宴会逐渐引申出"国民党地下特工人员"的问题,真是阿弥陀佛!

这之后,我们就进行调查,咖啡馆某师傅已死,他确曾是这位张姓工人多年的邻居,平日很喜欢这个孩子。我们都认为这件事就是这么一个小故事,没有什么再调查下去的必要,只能取消对这位张姓工人的怀疑,给他做了个书面结论。

我希望这位工人同志以后不要乱讲大话,自找麻烦了。

不过,我们也太会制造"敌人"了,似乎举国之人都有"特嫌"似的,其实,往往是:天下本无事,庸人自扰之。

三 一个被怀疑当过汉奸警察局长的人仅仅是同名同姓

这次谈装订车间有一个小业主(或小资本家)曾经被怀疑当过汉奸警察局长,而最后弄清全无其事的故事。这个人姓王,在公私合营时并入厂中,五十多岁,身体不好,只能做点轻微工作。

在他的档案袋中,有人检举他在敌伪时期做过江南某市的汉奸警察局长,是留日学生,先替日本侵略军当翻译官,以后被日本侵略者看中,提升为警察局长等。

我们工作组内是一位大学毕业多年的同志管他的事情,他来和我商量。我们初步了解情况后,判断被检举的人大概不是这个王某,而是另有其人。其中虽然有几个方面,如姓名、年龄、籍贯、日本投降后开装订作,以后又并入国营大厂等,都是基本一致的。但据了解本厂王某历史的其他老工人说,这个王某没有留学过日本,也没听说当过什么日伪的警察局长。我们看这个王某的文化水平很低,也应付不了这么个汉奸差事。

从检举材料看,检举人大概也是听来的,所以说得也不大清楚,又没有留下地址,无法再深入查问。但是我们觉得,本厂的王某虽然已经能够大体上判断不是真正的被检举人,但是,如果这个被检举人确有其人,就可能至今仍然逍遥法外。而我们厂的王某的案又如何了结呢?继续保留档案和保留对他的怀疑是错误的,无条件销毁检举他的档案更是不允许的。于是,我们就下决心或者把这个被检举人找出来,或者找出确证以取消对我厂王某的怀疑。二者必居其一,不然就是把别人的政治生命当儿戏,不负责任。

此事由小×到市公安局去查市民册。同名的有十几个,还有几个名字很相近而在印刷系统工作的人。于是我们商量,如果对这十几个人一一去查,太费时间,宁可从印刷系统几个名字相近的人查起。小×跑了不多的地方,即在一家大印刷厂查出此事,被检举人是在那个厂中,经核查无误后,我们把材料转了过去,并取得了收条。

至于检举的内容是否完全真实,我至今不知道。其实原检举材料上的王某,同本厂的王某,名字上是差一个字的,只是读音很相近。如果工作认真负责一点儿,这个问题早就解决了,不应该这么糊里糊涂乱塞到人家的档案中。人命关天,我们有些同志常常搞这种不管别人死活同时也为自己制造麻烦的事。

一个张冠李戴的汉奸案件,就这样没有费多大力气就弄清楚了。经验是:一,不要蛮干乱斗;二,对人要有负责到底的精神,好人必须为他昭雪,坏人则必须设法把他查出来。

四 一个"汉奸",其实是我们指定的两面村长

一个清洁工,朱××,六十来岁了。凡是进过印刷厂,特别是大印刷厂的人都知道,遍地破纸,有时难以下脚(但1980年我在日本参观过的大印刷厂,窗明几净,地无片纸),各种废料也多,几个清洁工忙得不得了。这个姓朱的清洁工,很是勤快老实,只知埋头干活,一句话不多讲,一问才知道是"汉奸",反革命管制分子。我看了他的材料,明明自认是我们派出的,应付敌伪的两面村长。我说我找他谈谈,是真是假,不难辨别。如是真汉奸,我们的这一套,他要编也会矛盾百出。我找他谈,首先不威胁他,说,听说你是我们的村长,指定你

去当伪村长的。我说,这种情况有,你把经过讲讲看,我也在苏中待过(其实没有),那里的情况我也知道一些。如果他是完全冒充的,一听就会吃不消。因为他文化不高,要造假会漏洞百出。他讲了一些,我听不像假的,特别他说我们那里在长江边上,靖江县,敌人统治很紧,要献铜铁,有任务。晚上我回家里,报告上级,说不交不行,要杀老百姓,就先要杀我。上级决定,叫我交。去收集破铜烂铁,好的送到我们这边来,没用的交他们一些。敌伪嫌少,还要,我又回去报告,上级说,你再交,有用的交到根据地,不够,我们在根据地收集,把最坏的支援你,这样就勉强对付过去了。

敌人经常要我们贴大标语,什么"王道乐土""大东亚共荣圈"等,不贴就杀头,请示上级,说,贴,不贴他就杀人,利用机会把纸张、墨汁多弄点到这边来。我听他讲这类事情,立刻就明白,这些如不是亲历,编造不出来的。我安慰他说,你太劳累了,要注意身体,你的劳动任务恐怕要减轻一点儿。他哭了。我说千万不要哭,要伤身体,你的事简单得很,很快就会清楚的,不要怕。我回来一汇报,我们工作队里,有一批老新四军、苏中干部,一听都说,弄错了,弄错了,是我们的人。有一位专管审查政治的队委说,这人是普陀区公安局榜上有名的管制分子,还要他们同意。一天,普陀区公安局来了一个干部,说,我们也知道此人是弄错了,现在就可公开宣布摘帽（当时没有"平反"一说）。

问题是：如果对敌伪与我区情况一点儿不了解的人，如何去审查这类情况呢？能不越审越乱吗？越审"敌人"越多吗？

五　是"兵痞"，还是最底层的受压迫者

一个多年来在车间被公认"兵痞"、国民党员的人，实际却是一个一生被迫害、被侮辱，在解放后才真正得到翻身，而且一直表现很好的工人。他解放后在政治上一直受到歧视，我们去后才将这些加以改正了。

这人姓阎，山东泰安（或兖州）人。男，四十五六岁，装订车间大机折页组长。此人解放后具有强烈的翻身感，工作积极努力，遵守劳动纪律，担任组长的责任心也很强。这样的工人，是解放后出现的积极分子，坚决拥护党的政策，服从党的领导，当然，习惯上也服从一切上级领导人。

工作队进厂后，我们就一直听说这个人是"兵痞"、国民党员，干部汇报时，也老是这么说（这不能怪他们，因为不说得"左"一点儿，他们就有可能挨整，这是长期以来"左一点保险"造成的结果），把他作为一个重点人物，认为可能是一个清理对象。但讲到解放后的表现，却找不到什么不好之处，于是乎便说人家是"伪装积极"；这个人多次表示想入党，则

是"妄图钻入党内"等。看他的档案,确是当过国民党的兵,"加入"过国民党,都是自己填写的。这些,过去他在各项运动中已经作过多次明白交代。这个车间的前任支部书记,是一个踏实诚恳的女同志,已经到外单位帮助工作去了,这次也回到厂来参加工作组的工作,也照说这么一套,但我看得出来,她是言不由衷。

这个工人平日抓劳动纪律得罪了一些人,这回工作队进厂后,说他是"兵痞",甚至"阶级异己分子"的声浪越来越高,车间有些负责人也这样,似乎这两顶帽子已成定论。车间主任老唐同志因为在业务上要依靠这人,平日同他比较接近,因此也被认为丧失立场,为此受到公开批判,阎某也在场,因此他惶惶不可终日。我很担心会出事。因为一个人等待着毫不讲理的、可怕的审判,还不如直接拉出来审判好,这一点我自己有很充分的体验。

我想,既然解放后一直表现好,"兵痞"又怎么样?为什么我们一定要做赵太爷,不准人家进步?我还发现,反对他最激烈的,基本上来自后进力量,特别是一些劳动纪律不好的人。我几次参加过土地改革,开始时上过这个当,也学了点乖,谨防上当。

于是,我想先稳定他的情绪要紧,便先后几次找他非正式谈了他的经历。这样,我已经初步判断他根本不是什么"兵痞",

五　四清记实

而是一个在解放前一直受尽压迫的人了。他解放后一直表现较好不是没有原因的，因为他真正得到了翻身。然后，我报告工作队的一位副队长陈落同志（一位清华大学毕业很了解旧社会的老同志），请他同我一齐听一次阎某的详细自述，并随时提出询问，我相信以我们两人几十年的政治经验和对解放区与国民党统治的了解程度，他要在几小时的谈话中把我们都骗过，怕也不那么容易。

我们同阎某谈了一整个下午。他是贫苦的农家子，十岁丧母，兄弟二人受后母虐待，弟弟先逃亡了。1937年抗战爆发后，在山东泰安或兖州有一个国民党的伤兵医院，阎某这时十七八岁，逃出家庭，进入这个伤兵医院去当了一名看护兵。以后随着这所伤兵医院，经过千辛万苦进入四川万县。以后又迁往四川合川县。在合川时，遇到国民党开什么会，院长要为自己或别人拉选票，就给院中人员不管伤兵还是工作人员每人发一张表，派人监督或代填"加入"国民党，阎某就是这么"参加"了国民党的。这时我插话说："国民党是有这么干的，花样很多……"我还未说完，他就十分激动，连说："你了解国民党的情形就好了，过去我这么说，他们都说我顽固不老实……"以后他又逃出这家伤兵医院（他还讲了官长们如何贪污死亡士兵的丧葬费，向上报棺材费多少，实际上多是叫他们偷偷裹张破草席掘地埋葬的，他们也多少分得一点儿钱），经一个同乡介绍，替一个地方军队的团长旅长之类的人当家庭勤务兵，实为家庭奴隶。以后他又偷了主人的一个金手镯，逃到重庆，改名换姓，后来又经同乡介绍，进了国民党政府中央信托局当勤务工。胜利后随中信局到了上海，中信局接管了某大印刷厂，阎的编制转入这个工厂，实际则是做中信局某负责人兼这个印刷厂的总经理或董事长的家庭仆人，买菜、烧饭、打扫卫生、抱孩子，无所不做，因此，他被厂中人看不起。解放后才辗转并入现在这家印刷厂的。

调查中他历述当看护兵的辛酸。我插话说："对，国民党的伤兵谁也敢打，戏院、饭馆不用说，县政府、县党部之类也说打就打……"我话还未完，他已激动得流了眼泪，连声说："你了解情况就好了，你了解情况就好了，过去总追问我害过多少老百姓，我说我当的这个看护兵整天挨伤兵打，他们不但不相信，一直说我不老实……"看来这是他一生中第一次受到别人对他的遭遇表示同情和被了解，因此一下子激动得流出眼泪来。在他历述如何从山东经安徽、河南、湖北进入四川，沿途所经铁路、公路、轮船、木船的经过路线时，我插话说："你说得对，这条路是这么走的，是要用这些交通工具。"他又喜出望外，说："你也走过这条路？"我说："我没走过，不过据我知道的，你说的没有错。"当他说他们拉伤兵的木船进三峡，以后经过云阳时，说那地方出盐，看见有人背盐的。我又插话说："你说得对,那地方是出盐,如果你是坐轮船经过这地方的,恐怕就不一定会知道这件事了。"他又十分感动。看到我们对他的一生经历多表示理解和相信,他感到十分意外,也表现出对十几年压在他身上的重担有可能要解除了的异乎寻常的喜悦。

后来,我们把他的自述整理成一份万把字的材料。此外,既然没有任何对他的检举和揭发材料,那就只能相信他合理而又无任何漏洞与矛盾的自述了。(他本人还有一些比这长得多的事情,篇幅不允许,从略了。)

因为他没有任何可疑之点,我记得还在他的自述(我记得很清楚,对他的结论材料,是用的"自述"字样,因为他实在没有什么要"交代"的)之后加了几点看法,并得到了全工作组的通过:一,相信他本人的自述,如有不实,由本人负责;二,阎某在旧社会始终是被侮辱、被损害的底层劳苦人民,不是什么国民党"兵痞";三,参加国民党是被迫的、集体的,早已自动交代,不算什么问题。并说,这些均已了案,以后如无新材料,这些事就不要再追查了。

六 一个被认为告密罢工的"工贼",终被证明纯无其事

这次谈如何弄清楚一个长期被认为是"工贼"的工人,结果根本不是那么一回事的经过。

这个厂的装订车间，有个姓陈的工人，年约五十岁，男，四川重庆人，抗战胜利后随国民党中央信托局一个印钞厂复员到上海。解放后，辗转留在现在这个工厂工作（此厂解放前也印钞票）。他的专长一点儿没有得到发挥，整天打糨糊、清扫车间。他的名字也很少有人叫，要叫就是"打糨糊的"！

他有一大袋档案材料。关键问题是：有人检举他抗战期间在重庆中信局印刷厂时，曾告密过一次罢工，致使多人被开除出厂，因此他是一个工贼。检举人是上海另一印刷厂的一个工人，据说这事是陈某同他一起喝醉酒时，陈自己告诉他的。此事厂中人保科原已有大量调查材料，其实已基本上可以做结论了，但是却没有做，仍然作为一个"工贼"甚至特务嫌疑挂在那里。

我仍然坚持我的老主张：先仔细阅读和研究已有的材料；没有什么大不了的问题，就应该找他本人详谈。不要老是在背后猜谜语，演《三岔口》，化简单为复杂，化清楚为糊涂。

经过过去的了解和我们新补充的调查，情况大致如下：陈某原系重庆金银首饰店学徒出身，会精雕细镂金银首饰。后转入重庆地方势力所办的印钞厂，做镂版工人。抗战后，国民党中央势力进入四川，要印钞票，既无机器，又少工人，不得不借重地方力量，由国民党中央信托局投资，扩大印制钞票，增加工人，领导权自然落到了国民党中央派手中，印制科长也改由"下江人"担任。原地方工厂的技术领导人及技术工人等被排斥，置于次要或无权的地位。他们极端不满，要求恢复原有地位。国民党中央系的当权派仗势不让步，本地技工们没有达到目的，就以集体辞职相威胁。国民党中央信托局派去的厂方当局仍不让步，于是几十名本地的技术人员和工人就真的联名集体辞职，而国民党中央信托局的厂方也就莽里莽撞公开出布告批准这一集体辞职。两三个月后，钞票产量降低，满足不了国民党通货膨胀的需要，辞了职的本地工人也生活困难。后来国民党厂方不得不妥协，把这些人全部请回厂。本地工人也就顺水推舟，全部回了工厂。因此，根本就没有发生过罢工和开除工人的事。

以上情形弄清楚以后，我们就做第三步的工作，再找上海当时的几个当事人或知道这事经过的人进行了一些调查。至于重庆方面，过去已有过充分调查，有的当事人解放后已是重庆市工会的干部，讲得很清楚，经过就是上面那些，没有必要再去调查了。

综合前后调查的结果（包括陈本人的自述）如下：

第一，该厂根本没有发生过罢工，也根本没有发生过开除工人的事。斗争是公开的，经过长时期公开交涉，也无所谓告密这回事。所有当事人的证明，没有一个涉及罢工，或有人告密、破坏罢工之类的事情。

第二,斗争的性质,是国民党中央势力与四川地方势力的斗争在某一个小角落里的反映。

第三,斗争的结果,以双方各有需要,也以双方互相妥协而告终,没有任何人受处分或被开除。

第四,关键之处(似乎是这次新调查出来的,根据我的记忆,好像陈对我解释为什么他不参加辞职时谈及此事,以后经过调查属实),是该厂的印刷科长娶了陈某的妹妹做妻子,因此陈和他是亲戚关系,因这一层特殊原因,陈始终未参加这一斗争,也未参加集体辞职。本地的工人对陈是有些不满,但一般均谅解陈,未予深责。

全部的事实真相就是如此,因此给陈做了书面结论:根本没有发生过这个"罢工",他没有破坏过"罢工",没有告过什么密,也没有任何人被开除,自然他也没有任何"工贼"嫌疑。至于所谓酒后自述之说,可能一个是酒醉胡言,另一个也可能是酒醉误记,就没有必要为此事去寻根究底了。

七 一个"假党员""假新四军"如何被弄清楚确曾是真党员、真新四军的

这次谈的是胡某某,男,上海人。这个人是在"大刀架子"(切书边和切纸张的机器)上工作的,劳动强度大。在"大跃

五　四清记实

进"后的几年困难时期,他有赌博、贩卖票证和聚众酗酒之类的行为,劳动纪律也不大好。平日则一贯对人讲他是老新四军,是共产党员等。工厂人保科过去审查过他,档案有寸把厚。但方法不大对头,调查也不得要领,做不出结论。群众和人保科都基本上认为这个人是冒充新四军和共产党员的骗子。"四清"中由于群众平日对他不满,要求他在小组会上作交代,如交代不清即是假冒,予以处理。

我看了他的材料后,一时真假难定。我建议,这种事情根本不应该背对背地捉迷藏,应该先请他本人写一份详细经历,看后即可知其大概了。我一看他新写的详细经历,从1946年苏中七战七捷到北撤,到大反攻、渡江等,都不像假的,我又找来《解放战争大事月表》对照,经过可算大体不差,不像假冒。于是我又去找他详谈了一次,看看和听听他像不像在解放区和我们部队中待过的样子。这个辨别方法我想是比较有效的。我得到的印象是肯定的,不像假冒。由于文化水平低,他对这段经历当然也有讲错或记错的地方,但这同假冒的人讲错的,一听就能分清。但我问他怎么离队的,有无复员证明等,他就左推右托,含糊其词,讲不清楚。

节外生枝的麻烦事情是,还在他的档案中有一张"党证",是用白色有光纸印的,有半个巴掌大,时间是1946年,已经黄旧不堪了。这可把很多"老资格"的党员都考住了。我们没有党证制度，问过工作队中几个从新四军或苏北根据地来的领导同志，都说苏北和新四军也没有党证制度。于是，我再研究他那张"党证"，发现用钢笔填的是某团某连战士，同"党证"上所盖章的团党委会的团名番号根本不一样。我把这个问题提出来请大家研究。个别同志说，这更证明胡某某是假冒了，所谓"党证"上填写的东西同所盖的图章就是矛盾的。更多的同志则表示疑惑不解。我提出我的看法：正是从这个矛盾上，不能肯定他是假冒，相反，很有可能是真的，证据也就在"党证"上的这个大"矛盾"上。我说：第一，从"党证"纸质的简陋上看，不像是伪造。伪造者的心理，不会造得这么简陋，以致容易引起别人怀疑；第二，作伪者更不会公开制造一个大破绽大矛盾摆在那里，让你一眼就把他抓住。我说，相反，我们根据地不重形式，一个单位改名了，改制了，改变隶属关系了，仍用老图章代替倒是一点儿也不奇怪的，而这种事情在国民党统治区的公私单位中则不存在。这两点大家都觉得很有道理，已不趋向于胡某某一定是假冒了。但对于怎么会冒出一张"党证"来，则我同大家一样，都感到不解。我再次建议不要背后捉迷藏，再同他公开谈，请他自己解释，"党证"是怎么来的。工作组决定由小费找他谈。

这位胡某某回答说，新四军本没有党证制度，但北撤时怕有些战士和干部因受伤或掉队，跟不上队伍，才临时发了这一

五 四清记实

证件，以备万一掉队时，拿出来做证明，便于当地党政机关和根据地群众收容保护。至于此证是否有效，他说他也不知道。一听这话十分在理，谁编得出？于是我再次详细面询这位胡某某的经历，得知他到山东后，就到了渤海区任华东后备兵团某师长的警卫员，一齐南下，渡江胜利后，某师长兼任江阴要塞司令。胡本人解释说，他是请假回沪探家，以后回到驻地，部队已调防，他没有找到部队，因此便离开队伍了。（作者按：此事是假的，见后。）

有些同志说，现在到哪里去找那位师长呢？没有证明，也是白搭。我说，既然知道了当时的师长名字和驻防地点就好办了，当时全国的现职师长能有多少，两三百个到了顶吧，这事去问中央军委、总参、总政等，都可一问就着。于是我们写了一信，附上胡某某的照片，经过市领导机关给国防部办公厅寄去了，请他们转当年任江阴要塞司令的某师长。大约十天后，某海军基地副司令从海南岛的复信来了，证明此人是他的警卫员，是党员，原是从伪军中解放过来的，全国解放后，他于1950年回沪探亲，久久不归，曾三次派人到沪寻找他，都未找到。从信中看来，这位首长对他的警卫员是很负责的，热情的，生怕他的警卫员在挨整，所以一天也没有拖延地就写了回信。

最后全部弄清了事实：胡某某于日本投降前两三个月在上海外滩被敌伪抓去当兵（当时他摆小香烟摊），送到江北海门。

不久海门被我军解放,他就参加了新四军。因几次打仗勇敢,被吸收入党,表现较好,便被选拔为师长的警卫员。南下后回沪探亲,自动离队了,回沪后以修鞋为生,以后进了印刷行业。

一个被怀疑甚至被相当肯定地认为是政治骗子、坏分子而又似乎"查有实据"的人,终于完全弄清楚了。我祝愿这位同志彻底戒掉他的一些不良习惯,在年老后仍然能够保持新四军的优良传统,问题已经完全弄清楚了,就不要自暴自弃。

八 箭在弦上的时候解救了一个党员的政治生命

装订车间大机折页组的朱大路同志,是位复员军人,大约1946年参军,参加过解放战争的全部过程。这位同志有些毛病,夫妇二人寅吃卯粮,用钱无节制,月月有赤字,年年闹饥荒。吃的要好,用的也要好,于是债台高筑,四处伸手借钱,常常久借不还,又年年向公家要补助、借款之类。因此为了经济上的事情,弄得全厂知名,厂领导对他也很头痛。群众从爱护党的立场出发,在"四清"中希望好好清清他,认真开几次批评会,要他在会上作检讨,并要订出归还借款计划,不然就要给他点处分。事有凑巧,正在开始"清组织"的阶段,大约1965年4月前后,他交出一封家中来电,说父亲死了,又向厂方申请了丧葬补助费、借款等。但他并没有请假回家。一两个月后,

五　四清记实

我们的一个工作组员张同志到上海市某局副局长（与朱是同村人）处，了解朱参加革命的经过及其表现（朱的父亲在村中被定为"历史反革命分子"，实际是一场错误，此处不赘），某副局长无意中谈起，他本人才从家乡回上海几天，在家乡时看见朱的父亲，身体有病等。张同志感到有点奇怪，人已经死了几个月，怎么最近几天还会看见？经反复追问，某副局长说"朱的父亲绝对还活着，我和他还多次谈过话"等。这就怪了：朱正在因为平日经济问题被人批评得焦头烂额的时候，还假造父亲死讯，向组织骗取款项，岂非不可救药？于是再问朱，朱一口咬定，父亲确是死了。于是就派一个三十来岁的男工作组员费同志（另一厂的工人）前往苏北调查。调查结果是：朱的父亲确实还活着，前两个月病情严重时，朱的弟弟估计父亲会死，就给朱发了一电，说父亲已死，催朱速回。据调查，来电的目的，一是盼朱回家共同料理丧事，二是盼朱带点钱回来。结果，父亲并未死，哥哥寄来了钱，但是未回家。

经过研究，觉得这个调查还有不够周密的地方，例如：朱至今坚持其父已死，那么，一，就要弄清他的弟弟在发出死讯电报之后，是否又与朱来过信，说明父亲并未死；二，要弄清楚朱在向组织报告其父亲死亡的消息以后，是否还与他的父亲去过信（群众知道，朱有孝心，常与父亲写信），如去过信，就证明朱至今欺骗组织。因此这两件事情还要进一步调查清楚，我提出，最好能取得一件实物回来作为铁证，如果没有这些调查，仍然不能匆匆做出结论。

于是，又请费同志第二次去苏北。调查的结果是：一，朱的弟弟说，电报发出后父病逐渐好转，以后再没有与上海的哥哥去过信，把此事忘了。二，小费同志向朱的父亲要到一个朱写给他父亲的信封，信笺已找不到了，信封上的邮戳一看是"1965年某月某日"，已是朱向组织报告其父死讯之后相当一个时期发出的。

确证拿到了。朱行为恶劣，屡教不改，变本加厉，至今欺骗组织。经领导研究决定召集有党外同志参加的车间支部大会，公开证据，予以留党察看处分。如群众认为应开除党籍，则当时不表决，会后再议。这个朱同志历史单纯清白，因为他是党员，我当时按规定无权看他的档案。但是我出于责任心，在当晚就要召开支部大会的早上，我紧急要求研究一下朱的档案，我估计领导也会同意。果然给我看了，一看只有几张简表，但打仗勇敢，在解放战争中立过三次小功。"三次小功"，在现在有些人看来，这"算得什么"？——不，同志，战争中的三次小功，就是三次生死考验呀！开支部大会时，我便同那位到苏北调查朱的事情的费同志坐在一起，两人一直窃窃议论，我提出："一两个月前的信封为什么会旧成那个模样，这是长时间自然变黄的样子，而且那个邮戳日期也不能说是绝对清楚的，你看怎么样?"小费一听也觉得信封问题还值得研究,他是大印刷厂的技术工人,懂一点儿印刷清晰程度的检查方法,便说:"有办法,我到质检科借个放大镜来看看,可以清楚些。"于是他去借放大镜,我则立即写一张条子与主席,说信封问题还要研究,不能定案,请他拖延一下时间,千万不要涉及信封问题,并请他把信封给我们,等待研究后立刻再由领导决定应该如何办。于是,小费同志借来放大镜,说来奇怪,离开放大镜,一看是"1965"年,但用放大镜一看却是较模糊的"1963"年,经过几个同志看后,再经领导复核,是"1963"年的老信封无疑,不是朱在1965年报告父亲死了之后又写给父亲的信。于是我把实际情况写一条子与主席,说明信封日期经鉴定是弄错了。"确证"不确,今晚只能提意见,批评,不能作任何组织处理。

在箭在弦上的时候,避免了一次牵涉到处理一个英勇的解放军战士的政治生命的错误。应该感谢这位小费同志,他不嫌麻烦,始终认真负责,不搞主观急躁,我祝愿他今后能更好地发挥这种实事求是的精神。

九 一个亲笔留下了"罪证"的女支书还是冤枉

诸云开,女,三十余岁。装订车间女支书,工作负责,严格执行一切法令及一切纪律规定。方式比较生硬,说话更是有点"冲",不大注意方式。据说有一次叫了几个女工到她办公室检查有无盗窃,引起公愤不小。大家说她还有无理开除女工之事。因此,她在车间自然成为第一个激烈斗争的对象。又说她是大地主大官僚家庭出身,父亲有十几个姨太太,她也不知道是哪个姨太太生的,因此,她是混入工人阶级队伍中的阶级异己分子;二,她还替外国人做过事,替外国人唱歌跳舞等;三,她迫害工人,把患有重病的女工汪某非法辞退出厂。第三件事还由群众和工作组出面去动员汪某回厂开了控诉会,并开过一次全车间的大型批斗会,有些人慷慨激昂,大叫"打倒诸××!",自然无不跟着喊。看表面这个会开得很成功,自始至终,情绪高涨。在一旁观察的出版局长、工作队长马飞海,事后对全工作队讲了意见,说这个办法不好,一味乱轰,大家都叫了"打倒",将来不该打倒怎么办呢?我很佩服这位老同志掌握得很稳。

确实一切都要调查,光这样反复批斗,是解决不了任何问题的。

在对诸某某的几个问题都做了初步调查之后,我提出我可找她详细地谈一次,希望她对以上三个问题提供线索,以便继续调查。她果然提供了极其重要的情况和线索,然后我们再反复调查,结果如下:

第一,诸本人讲了她父亲的名字,她三四岁时父亲就死了,听说是个大官僚,还是个大诗人等。于是我就向本工作队的徐稷香同志请教,他是搞古典文学的,问他知道诸某某的父亲这么一个诗人否。他说知道,是同光体(指清末同治光绪年间流行的诗风)名家之一,并告诉我可以再去请教熟悉这段时期诗人的富寿荪同志。老富告诉我,确有此人,并当即借给我1933年梁鸿志替他出版的诗集。根据梁鸿志的序文,则此人应属清朝遗老之列,做过北洋军阀政府总理、执政段祺瑞这一类人的秘书等,实际上是专替他们作应酬文字的清客。此人死时,诸仅三四岁,其母为其父的七姨太太,父死后诸母女二人即被其同父兄(年龄大于其母)赶出家庭。因此,诸本人家庭出身没有必要也不应该定为"大官僚"。

第二,诸母女被逐后,其母在沪杭等地以缝补洗衣为生(据云诸母本系使女出身),诸本人被送入教会孤儿院,稍长后在院内学习手艺,诸学会了简单的铜管乐及舞蹈等。孤儿院为增加收入,就把这些儿童编为乐队,供某些工商业及家庭婚丧喜庆之用。此种情形解放前在上海确实存在,有人证明看见过,笔者在广州解放初期也曾多次见过这种送葬的、令人啼笑皆非的青少年破洋乐队。

因此,诸出身贫苦,孤儿院长大,以及替外国人唱歌跳舞等,就是上述这么回事。

第三,迫害女工汪某一事,最难下结论,因为证据是很"确凿"的。我们遍查厂中档案,在60年代初,国务院有一个指示,全国工厂职工凡因病连续休养三年(?)以上,经医生证明今后一年(?)仍必须继续休养者,即不再占职工编制名额,由企业转入地区民政部门救济。上海市人委及市总工会也有一系列执行这一规定的文件。汪有医生证明表格,属于此种情形。但仔细一看"医生证明"一栏内的批语,字迹却很像是诸某某写的。我们又向厂中同事反复查证,对比诸本人写的其他字迹,大家一致认为这是诸本人填写的,不是什么医生的证明。这就麻烦了。有同志认为,既然已经水落石出,诸利用人事科长职权,假造医生证明,迫害女工,已可定案。但此事如果一宣布就得批斗诸,以致开除党籍。我主张不必太急,还应该向诸本人问问究竟是怎么回事。诸的个性很倔强,一宣布,一批斗,就可能出事情,人命关天。我认为决不能轻率,应该先向诸本人调查,再向医院调查。诸脾气大,大家都不愿找她谈。她是支部书记,而我当时又没有党籍,但我只好硬着头皮自告奋勇找诸谈话。我的态度诚恳亲切,毫无威胁性,慢慢把表格拿出来问她:"老诸同志,你看这个字是不是有点像你写的?"诸一看,眼泪急下,但很愤怒,连说:"是我写的,是我写的,我不否认!你们开除我的党籍,把我抓起来好了!"但是她的声音容貌都有难言之隐,一副有冤无处诉的激烈感情看得出来。我赶快安慰她说:"诸××同志,如果组织上根据这个就处理你,现在

五　四清记实

也不派我来找你调查了。究竟是怎么回事，还是请你不要有任何顾虑，我们一定仔细调查研究，决不会凭一点儿材料就立即下结论的。"诸听说还没有下结论，颇觉惊异。然后就详述了此事的一切经过。简言之，"医生证明"一栏确是她写的，但她是照医生的口述笔录的，因为医生不愿自己填，怕得罪人，"我当时也不懂，就做了傻瓜，现在就变成我伪造医生证明，迫害工人了！这件事永远也搞不清，我就承认算了！"我说，要是果真如此，总可弄清，劝她不要着急。

随即由一位大学毕业后工作了几年的女工作组员前往普陀区结核病防治所调查了几次，医生说记不得此事，遍查医疗档案也无此事。医生们也说这字确不是他们那里任何医生的字迹——僵了。这位女同志跑了多次，感到已无能为力，查不下去了。但是我觉得调查还有漏洞。于是，我不得不另外动员一位童工出身的四十几岁的女工作队员张丽娟同志再去调查，我再三动员她要勉为其难，说大医院的医疗档案，不仅有公开的医疗记录，可能还有另外的材料。另外，我请她多向负责人讲，这事关系到一个人的政治生命甚至更大的责任，务必请他们多多协助。这位张同志工作仔细，责任心强，经过她认真而恳切地提出要求后，院方果然说，我们还有一套病例讨论记录，是内部讨论时留下的，替你们查查看。管病案的同志不在，第二次又去查，因为有大体上的时间，查到了：医生们确于某年某月讨论过汪某的病情（一次或几次），最后一致确认，在今后一年（或二年）必须继续休养，不能上班。张同志把这份材料抄回来了，诸某某确是照这个意见填写的。

当时诸某某的民愤最大的三大问题全都弄清楚了。结论是：什么问题也没有。我祝愿这位诸同志今后仍然要发扬她敢负责任、敢作敢为，也颇能坚持原则的精神，但是也必须克服工作方式简单生硬、对人不够热情、命令主义的倾向和有时近乎胆大妄为的作风。

十 一个戴着双重反动帽子的"反革命资本家"，最后证明原来是一个舍命掩护过地下党员的人

这次谈一个戴着"现行反革命""反动资本家"双重帽子的原装订作主人（可能属于小资本家）的人，如何最终查明，在解放前曾冒着生命危险掩护过我党地下党员，而在解放后所加给他的两顶反动帽子，又是怎么一回事情的故事。

这个厂的装订车间有一个戴着"现行反革命分子""反动资本家"两顶帽子而被监督劳动的人朱某，六十来岁了。他的主要罪行是：一，上海解放后（或临解放前）借了相当于现在数十元或稍多一点儿的钱给一个辗转相识的人，这人后来在浦东（黄浦江以东，即川沙、南汇两县境）以"反共游击队"的

五　四清记实

案件被捕,供出曾向朱某借得若干款项。因此,朱也被捕,并被定为"现行反革命分子"。二,据说1962年,朱常到车间内原属于他所有的骑马钉订书机(铁丝穿线订书机)旁看来看去,是盼望"蒋介石反攻大陆"早日回来,因此又被称为"反动资本家"(这大概是口头定的罪,似乎并没有文字决定,当然更谈不上什么法律裁决了)。我们原来没有准备对这个人作任何重新审查的打算,因为并没有发现他的任何新材料。

他的妻子是一个非常胆小怕事的老年女工,以前也是一直做工的,只会埋头做工,技术、质量都不错,平常什么话也不说。"四清"期间,她自然整天处于惶恐状态之中。不过,我对她始终是一视同仁,没有任何歧视。我总觉得,在我们的社会里,一个老年的劳动妇女,像老鼠一样地生活着,对周围的人都像怕猫一样地害怕,这是我的理智、良心和我学得的一点儿马克思主义(当然,有的同志是不会承认这是符合马克思主义的,而认为这就是"修正主义")所不能接受的。因此,我不能为了表示我的"立场"坚定就动不动去训她。这样做,我觉得是可耻的。但车间里已在工作组领导下,对这个朱某开过一次二三十个人的"批斗训话会"了。这是履行规定手续,因为他的"现行反革命分子"和"反动资本家"的双重帽子还戴着,即使没有新材料,也要斗。如果不斗,就叫作"放着阶级敌人在一旁不管",是路线问题,是"阶级斗争熄灭论"。自然,工作组也不得不对朱某照例批斗训话一番，群众也是照例行公事办理，个把钟头就结束了。但他的老妻可急坏了，以为这趟又过不了关，又要斗死斗活或被抓起来了。中午午饭也不吃，下午接着又上班。已经有人作为新"动向"告诉我了。这位老妇人也是多次想要找我谈话的样子，但又不敢，显然是怕反而会招来横祸。这点，我看出来了。于是我就主动去找她闲谈，问她为什么最近常不吃午饭，这样会弄坏身体的。这话不讲犹可，一讲可就引起她伤心地哭了。这是激动的伤心，不是痛苦的伤心。她说："同志，这一辈子也没有人对我讲过这样的话啊！"还是啼哭不止。我知道一个长期不被人当人的人，而且当前等待着她的，又似乎是只有被批斗和被侮辱的时候，没想到今天在她面前的一个似乎对她掌握着生杀大权的人，竟然第一句话就关心她不吃饭会影响她的健康，她怎么能够不激动得流泪呢？我告诉她，不要怕，不管什么事情，都可以毫无顾虑地大胆讲。她真的对我慢慢讲开了。大要是：

一，解放前她的丈夫同我们的地下党员有联系，1948年一次大逮捕前，有几个共产党员最紧急时曾在她家顶楼上避了一个星期的难。买粮食蔬菜也怕被周围的人看见，因为一下增加几个人吃饭，买多了东西人家看见了会生疑。同样原因，大小便的处理也很费事，马桶要偷偷提出门去倒，怕被别人看见。他们一家人则日夜放哨，我们的同志走时，也是一个一个地走，由他们一家放哨，发暗号。当她谈到买菜、倒大小便等麻烦时，我已有八成判断这是真的了。因为如果没有亲身经历过，不要说这样一个老实的老年妇女，就是一个老牌特务也不大可能编造出这样的故事来的。最后，经过长谈后我已经判断她说的不可能是假的了。问题只在这些人是不是共产党地下党员，还找得到不？我说，你安心，只要事情是真的，就一定会弄清楚。

二，借钱一事。据她说，解放前还有其他党员向她丈夫借过钱，这次她丈夫仍然以为是借给共产党员的，谁知他们是反革命，因此连累了丈夫，现在说不清了。

于是，我再直接找她丈夫朱某本人谈话，他开始战战兢兢，什么也不敢说，反而由我提出问题要他证实，他才谈了一点儿。我问他，在你家避难的地下党员的名字你知道不？他说知道一两个人的名字。

对于这段谈话的开始几句问答，我想在下面写出一小段，这并不是写小说，而是可以说明一个问题，即不断的各种形式的政治运动，会使人的心理状态变成什么样子：

我问："朱×，解放前你做过好事嘛，为什么不说？"

朱答："没有！没有！我是反动资本家，我有罪，我有罪。"

我说："今天我不问你有罪没罪，这个问题暂时不谈，今天我只谈你有功没功，在困难的时候，冒着危险帮助过什么人没有，我们是永远不会忘记的。"

朱答:"你说的是……1948年……?"

我说:"对!就是那件事,国民党抓人最紧张的时候,如果还有别的,一齐讲更好,越详细越好!"

他保护过的人,有名姓。组内说,何处去找?我说,不难找,这样的地下党员不多,去找市总工会、市委组织部都找得到。就由能干的三十岁的工人费全法同志去找,到市总工会一查即得。曾经掩护地下党员一事,我们查证了,完全属实。我现在记得,其中有一个同志,1965年好像是在上海浦东高桥化工厂党委内任比较负责的职务;另一个同志,在市某公司也是做一定的领导工作。(以上记忆,第一个比较确切,第二个可能稍有误。)

第二件,资助反革命问题,很难确证。因为,这是朱某主观上认为对方来借钱就一定是共产党员地下工作的需要,难于判断真假。我们有浦东游击队是千真万确的,国民党有没有,我来深查。

我们把他解放前的这段功绩连同外调证实的材料,放进了他的档案袋。当时曾提出研究应该摘去他的"现行反革命分子"帽子了,但牵涉到政法部门,工作组无权决定。后来是否摘了我也不知道。我们当时工作没有做到家,未把问题完全弄到底,是个遗憾。但看来,两顶帽子都值得研究。既然解放前不久一家人能冒着生命危险保护地下共产党员,怎么会一解放就去支

五 四清记实

持反共地下军呢？揆之情理，说得通吗？断一个案子，是各方面都应该周全考虑的。其次，他去望望原来属于他的机器，也有可能是出于关心，不一定据此就称他为"反动资本家"——而且他也不只1962年去望过，以前也去望过的。我所在的装订车间近二百人，情况相当复杂，因为它是由几十家个体装订作合并而成的。而我当时实际上还是一个具有某种特殊"身份"的人，即"摘帽右派"（不过上海当时在石西民领导下的宣传出版部门领导并未如此对我），我在这个车间的"四清"工作组内，是处于一种很奇怪的地位：名义上我不能接触档案，但在开会汇报情况时，我可以参加分析，提出意见和办法。小组同志们全都很尊重我，从不把我当外人看。随即我又被指定为这个车间工作小组的"材料员"，于是我便合法正式全面参与这个车间清政治、清组织的工作了。审查的对象有四五十个，最后做了书面结论的，大约有三十来个（其余的是没有必要做什么书面结论的）。我看了这些作为审查对象的几十个人的全部档案材料，协助全组对每个人提出他的问题所在，调查（包括反复地调查）的方案和计划，参加调查材料的分析，同被审查者本人的反复谈话，最后讨论能否做结论，以及应该如何做结论等。问题弄清楚后，这三十来个人的结论全是我一人起草的。正因为我参与了每一个人的全部审查过程，因此基本内容我至今仍然记得。奇怪的是全部被认为或被怀疑为有大小政治问题的三十来个人，最后都一一弄得清清楚楚，一个人也没有什么称得上问题的问题。十年浩劫开始时，说要拉我回工厂去批斗，叫作执行了"资反路线"：保护少数人，打击一大片。我说，我不怕，我可以把几十个人是如何被弄清楚的，如何做出没有问题的结论的经过，全部当众讲出来。那时被硬制造出来迫害一大批中央领导人的所谓"资反路线"，被强加给它的罪名，是所谓提出和执行了"镇压群众"的"白色恐怖"路线。因此我不怕，因为我没有镇压过群众，我只保护过群众（包括无辜的干部）。一位前工作队的副队长怕我被本单位的某些造反头头借刀杀人，把问题故意扯到我是个什么"分子"的问题上去，把我搞死，他替我挡住了，说："他是个普通队员，不要斗他了，有什么问题由我们负责吧！"但我们单位的"造反派"先锋们仍逼着我交代，我是如何"血腥镇压"群众的——当然，他们讲这些话时，也是信口开河的，因为他们大多数也是在张春桥等的强大压力下干的。于是，我只得向他们写了申明书，说，那三十来个人的结论每个字都是我起草的，如果我把有政治问题的人说成没有政治问题，或把没有政治问题的人说成有政治问题，我不但一定负全部的政治责任，而且负全部的刑事责任。我照人头一个个地写了几万字的材料交给他们。他们大概根本未看，只是在大字报上骂我是"社会渣滓""不齿于人类的狗屎堆"，走资派要我参加"四清"，完全是为了搜罗"地富反坏右"，为复辟资本主义作组织准备，这是一个严重的政治阴谋，必须追查到底等。就这样，虚张声势地闹了很久。但是我拼着性命来为几十个工人解脱种种政治怀疑的冒险行为，却永远在我的头脑里记忆如新。

六　反右记幸

一　《人民日报》一版专栏新闻——人称点了一名"黑状元"

1957年7月13日，这一天我曾一度是全国都知道的人，这当然指的是臭名。就是从这一天起，我被正式定为"右派"，这一天《人民日报》第一版是很难复印于此的，因为那上面有十来个在批判我的大会上发言者的人名。而中国的特点是：几乎一切政治运动的原告者，都不能再提他们的名字了。

1957年后的反右派，据说是"扩大化"了一点儿。但是还有一些秘密的"内控右派"又有多少呢？实难统计。有些似乎很坚定的"革命人物"会说，这是你们造谣。但是，问题就发生在我身上。这说明他们是在盲目否定一切真实的历史，而专门努力在制造"历史"。大约在1983年初，我在京忽得一通知，是四川万县地区银行发来的，说我行前副经理曾××同志的右派问题已经"改正"等。而这个曾××就是我的胞兄。这回我没有让步，同他们扭了很久，最后他们派了一人来京向我解释。他们大概固守命令，硬要自己担起担子来（大概也是

六 反右记幸

上面的规定)。这一部分"内划"全国究竟有多少,有一个真正的统计吗?

现在有些"坚定的"革命者,听到谁提起奇怪的往事,他们就要大愤特愤,说人家都是反党,是原有的或新生的"反革命"。而晚生的青年,确是无论如何不大相信:为什么会全民动员在铁矿、煤炭都没有的地方,必须全民天天在熊熊烈焰中"炼钢"呢。看来是这些"老反革命"在造谣。

有人会说,现在在你还自己谈这个问题,真是不知羞耻。这一点儿也不奇怪,因为解放后他们受到的完全是另外一套教育。

1957年反右派之前,人民出版社,包括三联书店、世界知识出版社在内,用不同的名义出书。我们长期的社长兼总编辑是胡绳,不过那是挂名性质,实际上解放初期,由叶籁士、王子野负责,不久,叶调往文字改革委员会主持工作,改由曾彦修、王子野二人负责。业务上倒还是比较兴旺的,因为,当时人民、三联、世界知识三家出版社在内部是一家,用"人民"的名义统一管理,只是在印出书时用不同的名义罢了。

在曾事上报之前,我单位似乎并没有什么人要把我作为"右派"来整似的。当时还有个怪事,单位闹了"整风"很久,但对两个主要负责人似乎还没有一张大字报。经反复发动,曾、王似各有几张,都是向上交账性质,不涉及任何大事。这倒是我十分担心的一件事。

我这"右派"的事,都知道是党内第一个上《人民日报》的,同时新华社、广播电台那天也是头条并听说是反复滚动广播的。此外,据说还有纪录片,新闻图片也到处贴,可谓极一时之盛。不过,随即也就根本没人注意此事了。因为一个无名小卒,大骂一下子,如一阵狂风,过去几天也就没人关心了。我想,我比起监察部长王翰、浙江省长沙文汉、文学界老前辈冯雪峰和丁玲这些人物,算什么呢,一颗绿豆也不够。

可问题是,从此,我就不敢回一次家乡了,我自1936年冬最后一次离开家乡四川宜宾县城后,从此就再没有敢回过一次家乡了,这是我一生最为痛苦的事,至今言之落泪。

关于我这"右派"的事,一时似颇引人注意。但发消息以后,报上再无一字,再无人对此问过一字,我也更未为他人道及过此事一字。在我来说,就是说了人家也不会相信的,所以一字不说。

现在,我仍不能把这天的报纸复印于此,因其中有一些发言人的名字。这是中国这几十年的一个大特点,凡大整人时期的发言者、立功者,在事后若干年,往往都不愿被人知道,尤其怕被后人知道。以人民出版社来说,批我"右派"几个月,报上举例,竟没有当时同事数年的王子野、张明养、史枚、陈原、范用、张惠卿、戴文葆、王以铸、刘元彦、林穗芳,以及最年轻的薛德震、吴道弘、沈昌文等。他们均一字未说。你说,

六 反右记幸

这种批判代表得了谁呢？当今出版界人士，距离当时已太久了，但是如去问问就可知道，这些老中青三代人当时都没有发过言，这算得上是人民出版社对曾的大批判吗？

这天的《人民日报》第一版看来是费了匠心的。全版主要登了三件事情：第一条长而重大的新闻，是全国人民代表大会头一天——一百三十多位代表的反右派发言综合报道。新闻前面是由宋庆龄署名的反右文章《团结就是我们的力量》。但看来这题目恐怕是宋庆龄自己拟的，中性而无火气，甚至可说是对反右的一种劝告。此版底部有个通版的专栏长篇消息，即关于我的。我当然没有料到，我哪来这个分量呢？对这条新闻我一直未看。前几天有同志复印了一份给我。这新闻的标题引题是"党内也有右派分子"；正题是"曾彦修蜕化变质了"；副标题是"人民出版社和世界知识出版社联合举行批判会"。这里为何特别列出世界知识出版社呢？因为张闻天当外交部副部长后，重视部内工作人员对国际实况的了解，他决定恢复独立的"世界知识出版社"。该年6月份在反右高潮中，我才同刘思慕前辈二人在熊熊的反右斗争烈火中，在人民出版社一间小屋中口头上办理了移交手续。其实，开批判会时该社似还未搬家，与前几年无异。

这条消息相当长，又因涉及人名较多，此处不便复印，现只能照原文全引于下。凡遇人名，我均打了××，只保留了周保昌一名。周是老同志，当时是人社的秘书长、支部书记，又是"五人小组"成员。他的发言应该是最重要的发言了，既代表行政，又代表党组织，更代表五人小组，所以他的名字还是保留着。这篇新闻的全文如下：

× × ×

本报讯　7月11日，人民出版社和世界知识出版社举行座谈会，揭露和驳斥身为共产党员的人民出版社副社长兼副总编辑的曾彦修的反党、反社会主义的恶毒言论。

他污蔑党已经蜕化变质，沦为保护既得利益的宗派集团，群众对党"怨声载道"

人民出版社编辑组长×××说，曾彦修有如匈牙利的纳吉，他6月2日答人民出版社黑板报记者问，就充分说明了他的"纳吉"身份。

在这篇向党进攻的答记者问中，他污蔑党"原来和广大群众矛盾如此之深"！"怨声载道，人民对当权的政党不满而愤怒"。他甚至混淆黑白，拿我们的党和祸国殃民的国民党相提并论。他说国民党腐败惊人，而共产党呢？"八年来相当大的一部分党员，沾染了肮脏的腐朽的东西"，"要把持政权"。因而"党和非党相隔十万八千

六　反右记幸

里"。他在 5 月 30 日世界知识出版社召开的座谈会上，露骨地说："国民党 1927 年取得政权，'九一八'时人民就喊打倒他们的口号，我们取得政权现在七年，虽然还没有人喊出打倒我们的口号，但已有许多人敢怒而不敢言"了。他又说：抗日战争"胜利后国民党回到南京、上海，大搞其'五子登科'，一两个月就威信下降。我们党虽未像国民党，但入城七八年来，已有类似迹象"。他又用"在山泉水清，出山泉水浊"来骂党员腐化了。他对其他右派分子的反动言论大声喝彩，支持他们向党进攻。（引者按：这是对人民出版社黑板报编辑×××的谈话，不知怎么会弄出个世界知识出版社来。）

人民出版社地理组编辑×××说，曾彦修的反动言论和社会上的右派分子起了里应外合、向党进攻的作用。人民出版社校对科副科长、民盟盟员×××说，曾彦修说"党和非党相隔十万八千里"，我作为一个非党干部，体会并不是这样，我觉得党在各方面还是注意联系群众的，虽然工作中有缺点，还不能那么说。曾彦修还说什么"群众怨声载道"，不知根据什么？事实上，解放以来，大家的生活水平都提高了，试问哪些人"怨声载道"？人民出版社经济组编辑×××说，曾彦修反复讲党员干部有"保守主义"，他说的"保守主义"并不是工作上的保守主义，而是说共产党要"把持政权","思想深处要保持自己相当地位和身份",说什么"有十几年党龄和一点文化,少不了当一个科长"。曾彦修总是把共产党看成为一撮保护已得利益的宗派主义集团,看成为蜕化变质的党,他把我们党的性质、党的根本目的和反动透顶的国民党混为一谈了。事实很清楚,不是党蜕化了,倒是曾彦修本人在思想上和生活上变质蜕化了。

世界知识出版社编辑×××说,曾的答记者问,起了两种作用:一、号召右派分子向党进攻,把国民党和共产党相提并论,等于号召右派来推翻共产党的领导。二、对党内说,是号召党员叛党。

人民出版社行政处副处长×××、党支部书记×××、编辑×××等纷纷揭发了许多事实,证明曾彦修的特权思想严重,例如计较生活、地位,小事情就发大脾气骂干部(引者按:请特别注意"特权思想严重""计较生活、地位""……生活上变质蜕化了"等最精彩之处),而且交党费也要三催四催,党小组长通知他开党的会议,他常常不愿参加。副社长周保昌列举事实来证明人民出版社的党支部是做了许多工作,是有成绩的,当然也有缺点,但曾彦修说支部蜕化了,这完全是恶意的诽谤。

人民出版社编辑×××说,储安平说"党天下",曾

六 反右记幸

说"把持政权",互相呼应,没有两样。人民出版社党支部书记×××说,曾是向党进攻的急先锋,较储安平有过之无不及。

他诽谤中央宣传部,企图否定出版事业八年来的巨大成就;还主张"砍掉"出版局,办"同人出版社"

大家还指出曾彦修无视事实,诽谤中共中央宣传部和文化部对出版事业的领导,和否定八年来出版事业的巨大成就,说出版工作在反胡风反革命集团斗争后更糟糕了。曾彦修说,"解放后,直到'百花齐放,百家争鸣'的方针提出以前,我认为在出版方面是没有方针,没有领导的","中宣部从未正面指示出版方面应出些什么"。人民出版社出版部主任×××说,我认为曾彦修的这种说法,不像出诸于国家政治书籍出版社——人民出版社副社长、共产党员的口中。我们不能设想,如果没有方针,没有领导,这几年我们的工作是怎样进行的呢?是完全自流、盲目地进行的吗?我对全面出版的情况不了解,单就人民出版社来说,只要举一个事实,就证明曾彦修是胡说。1954年党中央批转中宣部的报告中,专对人民出版社的出版方针任务,作过既具体又明确的指示,我们是循着这个指示来进行工作的。这个指示下来时正是曾彦修来我社担任工作的时候，怎么会忘记了呢？为什么要说没有方针呢？他列举了几年来所出版的马列主义经典著作和其他学术著作，有力地驳斥了曾的造谣毁谤。

不少同志揭露，曾彦修主张取消直接领导国家出版工作的文化部出版局，他说："把这个局砍掉，中国不会亡。"同时，又主张办"同人出版社"。许多人说，有些右派分子不是在主张削弱，甚至取消国家对出版工作的领导吗？这不是里应外合，又是什么呢？世界知识出版社副总编辑×××说，曾彦修在人民日报座谈会上与通俗读物出版社副社长蓝钰一呼一应，一口否定八年来出版事业的成绩，企图利用这个机会挑起出版界对中宣部和文化部的进攻和诽谤。

人民出版社计划财务室副主任×××指出，曾主张办同人出版社，是和右派分子要办同人通讯社、同人报纸没有分别的，那就是恢复新闻出版的资本主义自由，这是他完全否定党的领导以后提出的纲领。

曾彦修的反苏言论也受到大家的批判。人民出版社副社长周保昌和其他同志揭露，曾彦修在反对教条主义的幌子下，反对在出版工作上学习苏联经验，认为过去就是因为学习苏联把出版工作搞糟了。

曾彦修在会上作了简单的发言，他说："我有错误，

六　反右记幸

但不是反党反社会主义。今天大家这样说，当然好像我就是最坏的人啦。我应当再三考虑。"大家对他这种拒绝批判、毫不交代检讨的态度，非常不满。

×　　×　　×

以上是消息全文，我已记不清哪些是我说过的了，因此，这次看到这些东西，仍回忆不出来我在何时何地讲过，真遗憾。那个时期，我记得出席过人民日报的一次座谈会。

我很佩服王子野。处在他那个地位，对我竟始终不肯出面批评一个字，大会批判揭露新闻竟没有他的名字。弄得不好，他就也会成为"右派"了。在这种"表态"大会上，他都能硬挺着一言不发，这多难，多危险啊！我以为，比我还难。我干脆承认我是"右派"，听候处理就完了，而他却还吊在半空中。同样，范用、陈原等同志也然，他们硬挺着，冒着自己被划"右"的危险，始终不写一字，不发一言。这里举的领导层只有周保昌的一点儿发言。周保昌原是人社的秘书长，此处说是副社长，我根本不知道。（编者按：1956年12月任命的。）周的发言该报两处引用：一处是"人民出版社副社长周保昌和其他同志揭露，曾彦修在反对教条主义的幌子下，反对在出版工作上学习苏联经验，认为过去就是因为学习苏联经验把出版工作搞糟了"。周算是代表人社的最高层了，他的发言内容也就如此。

周管出版部门，我确曾多次对他闲谈过，为何连一切书籍外形也要学苏联。这方面他们差得很呀！比得上你们老"生活"（指生活书店）吗？比得上"商务"吗？比得上"良友"（指良友图书公司）吗？这个内容，今天看来算什么？可以构成全国"大反革命"的皇皇理由之一吗？

我还要特别感谢沈昌文同志，他当时二十多岁，懂一点儿俄文，是总编辑室秘书。我事事请教他。他也没有起来"揭发"过我一字。要是他来干此事，他手中可是有几颗原子弹的。这里只举两个明显的例子。例如，我去社后发现，把苏联大百科全书条目，分条译出印成一本本的小册子。一次，要我签字付印这样的一本小册子，我问沈昌文，是怎么回事。沈说，我也不知，一直是这样做的。我说，这不太好吧，不大好看。个别的例外，当然可以，但把这事当成一个经常的、正式的任务，恐怕不好看，这有个国家尊严问题呀！我对沈说，这事不便在会上讨论，请你去对有关编辑室负责人谈谈我这个看法：以后是否可以不必再搞这丛书（指"苏联大百科全书选译"）了。我肯定沈是去谈过的，以后就没有这类书稿了。另一次，是交来一本《论××××的哲学观点》（好像叫"奥格略夫"）的译稿最后清样，要我签字付印。我为难，即请教小沈，这是怎么回事。沈说，作者是沙俄时代的一位二流经济学家，这书是谈他的哲学观点的。我说，既然如此，那么此书对中国有什么用呢？研究什么学问要看这本书呢？假设中国有此情况的人，我们能替他出一本类似的书吗？显然不可能。"二战"后，他们为加强一切都是苏联第一的宣传，专门成立了一个出版社，又成立了一个什么政治协会，由米汀任会长，是专门宣传他们的"爱国主义"的，现在什么东西都是他们发明的了，什么汽车、飞机、无线电，连氧元素也是他们发现的了（以上一类东西，解放后普遍宣传得很厉害，不仅中小学，连大学也要如此）。这类书有什么必要出版呢，出版后谁看呢？我对沈说，这本书，我就不签字付印了。请你个别地对有关编辑室说明一下，这部稿翻译费照付，对译者道歉，说任务太紧，这书不能印出了。此类的事情还有几件，均只有沈昌文最清楚。但他和编辑原书稿的工作同志却始终一字也未揭发我。他要是提一件，都会像原子弹爆炸一样。要知道，当时的"反苏"罪，是超特等罪啊！他只要说一件，有证有据，恐怕我今天就不会在这里写东西了。

我非常崇拜宋文天祥被俘后《过零丁洋》诗中的两句："人生自古谁无死，留取丹心照汗青。"这是中国历代知识分子的最高抱负，专门打击这点，真是自取麻烦。

二 为什么是"幸"

有些知道一点儿情况的读者会说，你要记什么"幸"呢？

你这是故意胡说的。你不是一个被打中的人吗？上了《人民日报》一版二级标题，知道的人并不太少的"右派"吗？有什么"幸"好记呢？我说，真是幸，而且很幸，是真心话。原因是，1957年时我是人民出版社（包括三联书店、世界知识出版社）反右"五人领导小组"的组长（不设副组长，有意集中权力）。如果不是在反右前先反了我的"右"，那么，要我把革命先辈谢和赓（白崇禧秘书，老党员，后留美，1957年初回国）、邹韬奋编《生活周刊》时的老助手史枚及其他饱学之士与工作模范如戴文葆、王以铸、彭世桢，以及年轻而能力强的刘万钧、工作十分埋头苦干的总编辑室吴道弘这些同志打成"右派"，倒真不知会出现何等局面。现在如果去问还健在的当时的某些老同志，如果曾先不被打，要叫曾去把上述诸人及更多的人打成"右派"，将会出现何等局面，是能够想象的吗？人民出版社的反右，根本上是由上级一高官来执行的。

1957年落网的人，大致是三类。一是：对单位某一具体小事提了点意见的人；二是：对带全国性的事情提出过任何意见的人；三是：对苏联在中国工作的专家提出过任何意见的人。如果触及了上述三点，那就难免了。像黄炎培之子、清华大学水利学教授黄万里（其胞兄在解放前不久在上海被国民党杀害），只不过提了河南三门峡的水闸是建不得的，就划了"右派"（建成后不久，就又赶紧再行凿通）。有的地方则几乎恨不

六 反右记幸

得把全部所谓知识分子都划成"右派",如《新湖南报》的编辑部,打下的"右派分子"占编辑部人员的百分之五十以上。有的则完全是什么事也没有,上面分来了"右派"名额,催得又紧,于是,便不得不拉人凑数。(见过一材料,是湖南湘西南一偏僻山区穷县某区小小的邮局,从长沙去支援山区的一女中学生,说终年在山区挑担送信的民工太苦了,是否可一个月给他们加几毛钱工钱。就是这样,她被定为"右派",说这是在煽动群众反政府。)

全国划为"右派"的人,究竟有几个是发表过什么政治意见的?恐怕没有几个。像著名的京剧演员叶盛兰等,他们并不谈什么政治,只谈演戏,也划了"右派"。

我们单位的反右规模,算是很激烈的、规模非常大的,有什么政治性的意见没有?一句也没有。我们批评过哪位高官没有?一句也没有。

像1957年那样九级、十级地震式的反右派运动,没有被打成"右派"的人固然是大幸,像我这样被提前一点儿反了右从而免掉了我去发号施令去打他人为"右派",其实也是大幸。在我尤其是大幸。再不去打他人了,这不是大幸是什么呢?

身为一个负责人,在1957年能够免于去打他人为"右派",这不是大幸是什么呢?在"打人"与"被打"之间,无意中得到了后者,这不是大幸是什么呢?

三 现在，复查过我的殷国秀同志已公开著文说明：关于曾的划"右"，什么材料也没有

现在情况已有所不同了。在 2012 年夏，编印戴文葆纪念集时，九十多岁的在人民出版社人人尊敬的元老殷国秀同志的纪念文中，明白说明，作为复查组长的她，和副组长的杨柏如同志，在 1979 年全面复查"右派"工作中，发现在曾某人的历史档案中，仅有的罪状就是当时大家都看见过的《曾彦修答本社黑板报编辑×××的谈话》这一件材料（作者按：这就是中宣部印发到全国县级的一小张内部的《宣教动态》），感到十分奇怪，弄来弄去还是只有这一件东西，深觉奇怪。其实确是如此，但曾为此事，在反右派斗争中，是不得不坚持自报"右派"的。原因很简单，我是人民出版社抓"右派"的"五人小组"组长，要我无缘无故地去把十几个人，甚至几十个人打成"右派"，那是绝对不可能的。我除了自杀，就是被捕。要我划二十人以上"右派"才能交差，我丝毫不会犹豫地选择"自报""右派"为最好。这样，我一开始就可以离开反右的事情了。

前几年有几位老同事在我处闲聊时，说，怎么会要你当"黑状元"，你好像不够格呀。我说，选得很好，颇具匠心：我具有几种条件，最适于充当此职。一，不新不老；二，不高不低（指职位、级别等）；三，不名不默；四，不好不坏（指平日无甚人

六　反右记幸

说我好,也没多少人说我有多坏)。从这里出了一个"右派",可见"右派"到处都是,只要擦亮眼睛,人人得而"右"之,随手就可以抓一大把。你眼前的某某、某某不就是"右派"对象吗?因此,把我冲头,是随手可以抓出"右派"来的一个好例证。

此事也有点来源,来源就是上头对我负责处理的关于戴文葆的事情十分不满。中宣部负责人当面分别向王子野和我谈过戴当过国民党特务。后来我们终于弄清了,戴完全不是什么"特务"问题,戴的历史是清楚的,不是"历史反革命"。因此,我与上面中宣、文化两个部的抓政治运动的负责人的看法完全相反了。

1957年三四月,毛主席提出要搞一个全国的大整风运动,要大家一起来反对三种不良风气。它们的名称我现在已经忘了,也懒得去查找,我已经进入九十五岁了,说说写写可以,要翻这个,查那个,已力量不够了。

我在人民出版社以第一副社长名义,大约从反胡风后期起即奉命担任单位的"五人领导小组"(单位的最高权力机关)组长,我不得不负起责来,一一把事情弄清。1956年,我已经只能重点对人,而不是对书了。就是说,不务正业了。但我绝不是为了整人而忙,相反地,几乎全是为了脱人于难或脱人于困而忙。这不是假话,因为其中有些人的"政治问题",明明是假的,交给我,我很高兴,乘机否定一些假案,岂不更好?

其中最重点的，就是上面提出的戴文葆的"特嫌"问题。此时压力大，催得紧，我们一时也拿不出真凭实据来否定此事。在五人小组中，我相对地较多了解戴的业务工作，深觉此才难得，千万不可轻易把他毁了。因即自愿担任戴的审查工作负责人。我怕把戴随便升级，便独立把戴事抓起来，由人事科副科长李西克做我的助手。我曾两次要他赴戴的家乡江苏阜宁县作过调查，第二次终于得到最可靠的资料，它完全否定了戴为国民党情报人员之说，更不能定为特务人员。于是，我们五人均毫无疑问地肯定了戴不是重庆方面的特情人员。此结论已经上送（由我签字）中宣及文化二部。因此事，上面有些人对我印象恐怕大有变动：原来这个人很右呀！（关于戴文葆的事，在2012年人民出版社出的纪念戴文葆的书上，有一篇我的纪念文章，题作《"戴文葆事件"真相》，此处只好从略了。）

回头来说1957年5月，本单位根据中央决定开展"整顿三风"（反三样什么东西记不清楚全名了,可能其中有一样是"反官僚主义"），4月底，党中央为此事发的专题指示，公诸报端。此后，各大小单位，就大贴特贴大字报了。不贴的或贴得太少的单位，往往负责人要找少数人来写一批一般的批评性的大字报贴出来，以对付场面。我们单位则尽是鸡毛蒜皮的小事情或什么也不是的事情。因此，一般每个人都要承担写二十或三十张以上的大字报。我单位闹了两三个月，大字报也算贴满了院子和各大小办公室，但看了没劲，不足以发动一个什么运动。首先，王子野、曾彦修二人在人社固无甚功劳可数，但也似乎没有什么罪行、民怨可批，于是运动就没有什么主要的斗争目标，冷火湫烟，全是空炮，不知要斗谁。上级对此很不满意，但又找不到充分理由来谴责曾、王二人。当时在全国文教界打击的首要目标都是一号人物。

人民出版社形式上也热闹得很，大字报满坑满谷，叫作"××事件、××事件"，前者是对一位人事科长×××的事情，闹得最凶，像要暴乱似的。群众显系借题发挥，五人小组倒一点儿不怕，知道就是那么一件事情，已经初步处理。群众认为太轻，情绪很激动。

另一战场是一女工作人员忽然贴出一大字报，是说她的一个领导找她谈工作时，对她进行了语言性的性骚扰。对那个所谓有语言性骚扰问题的同志，我找他谈过两三次话，他保证绝无此事。当时我们也不懂什么法律知识，对这样的原告，也不知应该作何处理。

四 与单位黑板报编辑谈话，引杜诗"在山泉水清，出山泉水浊"是根本之根本

在内部因上述二事（简称××事件）弄得像要爆炸的样

子时，一位黑板报编辑要来访问我。我说，这么个小单位有什么访问不访问的呢，要说说随时就是。

我对这位黑板报编辑随便说了一些，空对空，讲绝对真理、万无错误的话。我说，历史的教训值得注意，历朝的开国之君总是要注意不要太乱来了，长期大战之后有时总要顾忌一点儿，对人民宽松一点儿。不然，国家很快就会乱下去，衰弱下去。我还反复说，历史的教训十分值得注意，并讲了蒋介石政府的历史教训。我说，蒋政权开始头三年，比设在北京的由军阀掌控的中央政权的威信还是高得多的，人民希望它同旧军阀政府有所不同，以后由于贪污腐败、独裁专制，威信就迅速降低，很快就遭到人民的反对，他又集中精力于镇压人民的民主运动，集中力量于消灭异己，大打内战，就遭到人民极大的厌恶。1931年日本占领我东北四省后，蒋介石对外不抵抗，对内则加紧内战和"剿共"战争，实行法西斯的统治政策。另一方面，官僚资本越来越发展，国家财富渐纳入四大家族的控制中。因此，全国人民对它就由失望渐渐发展到要打倒它了。抗日战争，是它复兴的好机会，但它的贪污腐败更甚，消极抗战，胜利后接收变成"劫收"，全面发动内战。于是，人民的不满与"打倒蒋介石"的口号就起来了。所以，历史的教训十分值得注意。因为谈的全是空对空，有时就胡扯得远了。我说，杜甫好像说过"在山泉水清，出山泉水浊"的话，我们是在山泉水清，出山泉水也是清的，不过，有点不像在山里时那么清了。我们一定要注意这个问题，一定要弄得像在山泉水一样清澈透明。我还说了历史的教训值得注意之类的话。总之，上述这些话我以为全是空对空的、人人得而说之的普通话，所以就不当一回事地随便说说罢了。哪晓得黑板报一出，全文就由中宣部、文化部两个部要去了。同时，又发动一些机关、学校的人来看这张长黑板报。于是，人民社后院，黑板报周围挤满了人，约有一二百人，比赶集还热闹。我知道祸闯大了，生死已定，但我决定不自杀。

五 我之"划右"，恐怕与我彻底否定戴文葆是"特嫌"之事有关

我当时之迅速划"右"，恐怕与坚决澄清，并且写出书面结论，说戴文葆完全不是历史反革命分子，更没有"现行"问题有点关系。说戴曾是"国民党特务分子"之说，大概起于1955年初夏，这个源流，后来我们已经大致弄清楚了。我之所以说"大致"，一是很不容易，二是无此必要。因为关键不在这里，而在戴本身有没有这个事实。如确有，凭事实可定案，如没有，则最好糊涂一点，不去查清传说的来源了，有些事情越查越难办，越查清越得罪人。

关于戴的传说，我所知的是起于1955年的初夏。一天，王子野告诉我，他近日在政协某种会议上，遇见了陆定一同志，陆忽问他：你们那里有个军统分子戴××，你们怎么置之不理？王只好回答说，我们一点儿也不知道呀，回去即彻查。王回来后即告诉我，不知怎的，陆在会后忽然提出这个问题，这是怎么回事呀，你看怎么办？我说，从现在起，抓紧调查就是，用毛主席的老话，没有调查就没有发言权。此事提出不久，全国即进入"反胡风反革命集团"的高潮，上面迅即决定在全国各机关、各单位进行一次全国性的、彻底的"清查反革命分子"的运动，要把机关单位内的一切工作人员都彻底清查一遍，清查各种漏网的反革命分子。这件事，延长了约两年，叫作外松内紧，不做动员，不开大会、中会、小会，完全采取内紧外松政策。各大小单位，均成立"五人小组"（不在群众中宣布），由此小组领导全单位的一切工作，实际上这是一种未公开宣布的非常状态。人民出版社的五人小组成员，均由上级指定，并指定我为组长，怎么辞也辞不掉（不设副组长）。

我自担任此职后，不能不拿出相当精力来办理此事。经过一两个月工作后，五人小组共同同意，大致列出十几个人为重点对象，都是再弄清一下历史问题，没有一个现行嫌疑反革命分子。我主动承担戴文葆等三人。

关于戴文葆，传说他是军统特务的一个小头目，1955年

六　反右记幸

到1956年此传说颇盛。因此，上面对此人抓得很紧。文化部第二负责人陈克寒曾于1956年夏秋亲到人民出版社来召见五人小组，催促内部肃反事，言下之意，你们单位好像平静得出奇，所以我要看看究竟是怎么回事。直接责问：你们怎么放着个"死老虎"戴文葆不打？我只有一一据理回答，说这次运动是中央规定的在内部静静地进行，其实，我们的工作是很紧张的，我们也特别重视戴文葆，因为他很有能力，但是，关于他的事至少目前还只是些传言。当然，陈的这次检查，形式虽然很简单，未调查就似乎先有结论，但也再次提醒我们：戴文葆的事一天不能拖了，要加紧调查，对上面总要有个回答才好。

对此事我只好在五人小组中自动负起责来，将戴的事分工在我的名下负责（我们当时已定十五个人为对象，分别由曾彦修、王子野、谭吐三人负责）。

对戴的审查，我在五人小组中提出，凡原则上可以直接问的地方，便直接询问，均不得用审讯的方式，必须客气地对谈，必须让对方充分地讲述，绝不能叫人"交代"什么等等。凡与人谈话，绝对不得用什么"坦白从宽，抗拒从严"这类的语言和标语，因为这就是武力逼供。胆子小的人，便是你要什么便有什么了。

我和戴谈了几次，是随谈随了解情况，不是抓住一点，硬追下去。对戴这样有学问的人，更绝对不能这样，一句话就可以堵死谈话进程。假如，无意中说一声老行话"党的政策你是知道的"，这一句就可以把以后的谈话道路都堵死，这就是在说"坦白从宽，抗拒从严，希望你自己好好考虑一下"之类。因为这么说，就是已经把对方置于敌人的地位，事实上就是逼供了。这样做本身就是无法无天的表现，现在我们的影视还在把这当作民主、法治来宣传，原因是多年来总是以一人之口笔作为最高的真理。什么"法治"不"法治"，某人的一句暗示，就是最高的法治了。这一套我深知其害，对之深恶痛绝，因为这是事先已把人当成罪犯了。我找戴文葆来谈了几次，怎么谈的，恐怕很难有人猜得到。我始终是在同他"摆龙门阵"，无一字正面涉及历史审查。例如，第一次谈话，我就是趁他交稿时，同他开玩笑开始的。我说，老戴，你真厉害，怎么在复旦一毕业，就到了精益中学教书呢？我到了重庆，连到精益去报考也不敢呀！（精益是重庆市多年的第一号中学。）就这样扯下去，我和戴谈了三四次，就把历史问题大致谈完了。

此事的起源是：解放后，大致是1950年，曾经号召各单位各工厂及城市居民中的"五类分子"前往所属各区的公安局报到，并领取五类分子登记表。这些也都有具体规定，例如，是什么什么级的党、政、军人员前往公安局登记。戴文葆本人是往上海市某区公安局登记去了，但与要求不合，公安局要戴回来向单位领导交代。原大公报地下党分两派，即老的李纯青

六　反右记幸

派与新的杨刚（女）派。1939年下半年，戴文葆高中毕业后在原籍苏北政府属下的原国民党阜宁县政府"情报科"（县保安司令部成立，即归保安司令部），任科员及科长（或代科长约半年多），1940年被吓得自己赶快雇一小舟秘密逃走，经数省的艰苦跋涉，终于到重庆考入了复旦大学。

此事解放后到1955年前后，忽然在京传出戴曾任军统特务的谣言。事实是，经过几次周密调查后，得知，戴在阜宁任职时，觉悟即较高，认识到那个职务的反动性，内心极为痛苦，因此，离开阜宁时，是个人秘密的潜逃性质，连家中也无一人知道。潜逃至南通后，始与其堂兄某君写了一封极长的家信，详述潜离故乡之故，主要是看到其内部贪腐榨民，自己也得跟着腐败，并且有内部互相谋害的危险等等，因此，他个人只能偷偷离开这个地方等等。我们是派了人事科副科长李西克去阜宁的，第一次不够详细，我不得已请他再去做第二次的调查。这次调查从县公安局得到戴文葆的一封家信，由李西克将全文整整齐齐地抄回了。信的全文约万把字，已是1940年初的作品了。获得此件后，经五人小组郑重讨论，认为一切已清楚，戴纯属自动跳出火坑的（在毫无他人帮助之下），实际应予嘉勉。我们五人小组也坚定地做了戴没有什么历史罪行，此段经历已完全清楚的结论。（结论由我写。）

戴是经过了历史的考验的，是完全自动走向革命的，是属于进步政治意识很高的一类革命知识分子。

1979年初，人民出版社在全面右派复查的工作中，又仔细复查了戴的事情，并由负责人殷国秀等两位女同志，当面请教了时任北京市公安局副局长的某同志，结论是这种事情当然一风吹了。

对戴文葆的书面结论（草稿），已推定我起草好，五人小组也已通过。大概已经作为内部材料先呈报中宣及文化两部或已经由我口头汇报了。

关于戴文葆这件事，我确是硬顶着：罪名太大，而材料又太少，无从下手，更无法做结论。但顶着的又是管我们的两个部。

当然，戴文葆还是在我被划为"右派"的几个月之后被捕了。戴事比较复杂，要弄清楚难度也较大，我这里无意中拉长了。

六 "泉水"问题发生后，社内处于暴风雨前状态。我的组长未被撤，"右派"照反（动员），我自写全社反右计划报告，自列本人于"右派"。田家英似乎对我提出过警告

我这里黑板报访谈公布之后，后院里好些天门庭若市，一种无限紧张的气氛，充满人社，大家都看出人社要出大事了，为什么来看黑板报的人，好似有组织的呢？上级为什么久久无任何动静呢？这种明明是暴风雨前的静寂。目标是曾某人已无

六 反右记幸

疑问，但是社内并没有产生对曾某人的一篇大字报。只是人们在看见我时有点不自然。

上面对我久久悄然无声，只是将我的黑板报谈话全文，登在了中宣部的一个内部刊物《宣教动态》（大字，情况交流性质，只有零星资料，而无评论，发到全国县以上宣传部）上。此刊各期我也收到，估计这是在作全国性的动员。

上面对我的那个"泉水"谈话，沉默了一个多月吧，对我本人则毫无动静，五人小组长表面照当，还要我领导反右派，看我将如何表演。这个时期，在全国反右派均已大反特反了，报纸上已全是"反右"内容了。我们单位因无特别指示，我只得多少按公事执行。我知道我的事情已铁板钉钉，不然不会是如此反常的沉寂。

我照规定仍然三五天作一次反右动员报告。听众都知道是在演戏。社内对我仍无什么新的大字报，更没什么上纲上线的大字报，完全是暴风雨前的反常的沉寂。一切有关反右的书面与印刷资料，作为五人小组长的指导资料，我仍照常收到。现在已经相继公布的，某人在内部的种种指示，我也都看到了。但我记得清清楚楚的，还有一件，至今似未看到引用过，即关于"右派"可以突破什么百分比的问题。通报说，右派是些吃人的狼，这次反右派就是要把这些狼的背脊骨统统打断。对有些人则还要把他们祖宗三代的丑事、恶事均拿出来示众，例如对龙×就应如此云云。不过，后来报刊上似又未看到关于龙×先生这方面的材料。对其他人后来似也未看到这方面的材料。此条似无处执行。

我的五人小组组长的名义与实质均尚存在时，一次开文化部所属大单位五人小组组长会，文化部各司局长以上大多参加了。文化部副部长、党组书记钱俊瑞讲话动员，他讲了一情况，是关于我的，是《人民日报》某天头条一长新闻，中有一些小插题，其中之一，是讲人民出版社曾彦修的，还望了我一眼，说毛主席发言了，说人家说你们文化部是武化部了，你们还不敢吭一声，我看你们连半点武化也没有。钱又看了我两眼，但我觉得他同平常一样，没有任何敌意。其余的人也集中望我，我只强作镇静，装作没事。其实心里已准备了：这次最好的结果是被捕后长期劳改。

这个"文化""武化"是什么意思呢？在《人民日报》的一个座谈会上，我批评文化部副部长陈克寒说，我来人民出版社不到一年，他就两次叫我写书面检讨，我没有做；我还知道，他也要过金灿然写书面检讨。他简直是把文化部办得像个武化部似的。那时大报的唯一任务，就是套出几句尖锐的话，再加以改装，标出耸人听闻的标题。此消息的二级标题是："曾彦修说：文化部是武化部"。后来上级给我的处分，仅仅是"右派"，而非极右，又非逮捕，实在是比我预计轻之又轻的了。

六　反右记幸

在反右之前不久,田家英确曾因印制毛编选的一本农业高级合作化的书来过人社一次(为印毛著事,他经常来),这次公务完后,他问我住在哪里,我说在附近。他就说,去看看。在我处,他谈了十来分钟,主要是较详细地谈了《人民日报》邓拓被撤职的经过,主公批评书生办报,死人办报,占着茅坑不拉屎等均在其内。意即现在形势较紧张,可能有要我小心一点儿之意。但我确是什么也未领会到。

在《炎黄春秋》编委会上,李锐同志几次提及此事,说,1957年你出事后,田和我晚上在中南海西门外大街小吃摊,田说:"叫他不要说,他还是要说!"田是谨于纪律的人,田那天可能是有意到我处,因他每次来,都有一个助手一同来的,这次却是一个人来。他的警告可能是借邓拓之事而言,但并未有什么明说。我确是一点儿也未领会,我哪里敢在警告之后还再发言呢?

其实,后来我讲了什么呢?我什么都没讲,只不过讲了几句冠冕堂皇的、我认为百分之两百保险的"普通话",丝毫也未考虑过这些应景话会闯大祸。

我那"泉水"谈话由上级印发在内部分发全国后,我仍久久如木头,没有想到过已犯了大罪。上面对我久无动静,但反右运动已在全国激烈进行,各种反右的文件与指示,却仍照常发给我。因此,我又不能不在人社勉强反复地作反右动员报告。又过了可能有两三个星期，上面催要"右派"名单了，五人小组急急议了几次，很难拟定。倒不是大家要划我的"右派"，而是我不能不自报"右派"，其余四人不大同意。我拟的"右派"名单共三个或四个，其中有我。五人小组讨论更困难了，几次定不下来，无一人对我列入"右派"表示赞成，但上面催名单很紧，可王子野、陈原、周保昌、谭吐四人仍久不表态。因为平时关系好，哪里"反革命"说来就来呢！我说，事情摆在这里，上报得用五人小组全体的名义。久无动静是上面在观察我，越拖事情越大，你们也会被卷进去。这里，除陈原同志外都是老"运动员"，亲身经历很多。全国轰轰烈烈，我们这里冷冷清清，又是重点单位，这预示着什么？暴风雨前的暂时沉寂啊！一旦一个"反党集团"下来，整个单位就成粉末了。而且"泉水"两个字的问题一定要抓下去，是谁也说不清楚的，我在五人小组解释说，这两句话，一千多年已成常用语，杜甫的这首全诗也不怎么样，并没有什么了不起，诗名《佳人》，全文为：

绝代有佳人，幽居在空谷。
自云良家子，零落依草木。
关中昔丧乱，兄弟遭杀戮。
官高何足论，不得收骨肉。

六　反右记幸

世情恶衰歇，万事随转烛。

夫婿轻薄儿，新人美如玉。

合昏尚知时，鸳鸯不独宿。

但见新人笑，那闻旧人哭。

在山泉水清，出山泉水浊。

侍婢卖珠回，牵萝补茅屋。

摘花不插发，采柏动盈掬。

天寒翠袖薄，日暮倚修竹。

很明显，这确不是杜诗中的上佳之作，但其中（在全诗中近乎独立的）"在山泉水清，出山泉水浊"两句，却成了千古名句，警示意义强烈，与原意已完全不同了，几乎人人张口即是。我也是这么张口随便说的，并无什么深刻用意。但它确可以作种种政治解释，短时间是无法辩清的。经我详说之后，算是说服了五人小组，谭吐说，那就照彦修说的办理罢，不然，未来确是可能更严重。这样，五人小组就算通过了曾起草包括曾某在内的三四个"右派"名单的报告。打倒"四人帮"后，关于我的"右派"的传说，均讲是我自报的，具体情况则颇为不同，因此我趁此作了上述说明。

我这自报其实是没有什么可以称赞的，无非是老"运动员"了，知道在劫难逃，还不如自报或可以减少很多麻烦与损失。

如此而已，有什么值得称道的？

这样，包括我本人在内的，共三四个人的名单，得以上报。具名规定是五人小组组长，而不是五人小组。上述这次会议，是在下了班人走完了之后，才在四合院中的主院一小室中召开的，讨论了近两个小时。我们这小会结束时，院中寂静无声，唯有树枝摇曳作响，院东已是残阳一抹，竟然有点像个秋天的样子了。

正因为单位五人小组同意了我作为单位第一个"右派"上报，其他几个人都像挥泪斩马谡似的。因此，若干年后，当我调到上海辞海编辑所后，他们凡到上海的都没有一个不设法来看我的。第一个是谭吐，他可能是1963年前后到上海办事，一个星期天到我家盘桓了一天。不过中午比较困难，还是只有二两粮票出去吃了一碗"阳春面"，即什么也没有的光面，实际上就是饿着肚子聊天。其次是陈原，是在一天的晚9时以后才到我家中的，而且是别的出版社一女同志带他来的，因为我住在徐家汇小木桥路的最边上，窗外就是菜地。1963年夏，周保昌因事来上海，因忙，打电话叫我到他旅馆中见了面。此外，范用、张惠卿来上海，也均到上海单位来看我，而且在单位的花园中立谈甚久。陈翰伯到上海要见我，被推掉了。"文革"中更奇妙了，先是张中礼同志来上海单位说是对我"外调"，但又不能真如此做，因为，凡"外调"本单位造反派均必须派

六 反右记幸

员全程参加,并在旁打打杀杀的,很可怕(我已升到"刘邓黑司令部派到上海来的坐探"的高位了)。所以这位张同志问到我的地址后,便走了,说是这附近还有一个外调任务,今天先去完成,就溜了。星期天再到我家除问询健康之类外,还关心我在上海的处境。我说斗得厉害,一部分人要求放逐我到黑龙江或新疆去。不久,人社又来一位高高的女同志,情况完全相同。他们当时是人民出版社对立的两方,到上海均非常客气地来看我,特别关心我的前途,一句也未向我"外调"。他们的行动,至今令我落泪。这下,我比较有底了,原单位的人并不恨我。我倒感觉很惭愧!我几乎把原单位带到了危险的境地,但他们并不恨我,反而对我同情起来,这使我内心感到万分惭愧。

这个报告上去以后,又是一个时期没有动静,恐怕有两周或以上时间。我仍然担任五人小组组长。单位已经沉寂下来了,知道问题已经转到曾某身上了。真是暴风雨前的沉寂,度日如年啊!似已在先斗谢和麋。谢,老党员,抗战初期任白崇禧秘书,因此,白收到的一切密件,均先通报与武汉中共代表团。不久,谢又留美,好像是白崇禧派出的。在美参加美共活动,与党员、电影演员王莹结婚。1957 年被美国驱逐出境。回国不久,即正式调入人民出版社,旋即遇整风。时上面怀疑他,指示单位批斗他,此事我全不知道。斗他时,也多带逼迫性质。谢说,美国中央情报局找我谈话时,全是客客气气的,开口谢先生,闭口谢先生，哪有这样野蛮粗暴的！于是，谢越这么说，对他斗得越厉害。

我是等待对我的事情快揭晓，天气闷热，度日如年。我懂得，拖得愈久，来势愈大。但是，即便如此，我也丝毫没有想到来势会猛烈到我无论如何也意想不到其中十分之一的程度。

七 突然一天早晨，全社一片火海，打倒大右派×××的标语字大如桌，气势比"文革"时还厉害得多

7月的一天早晨，我从人社后门坐着三轮车（我因关节炎，只能在室内走几步了）进去，这里约有不规则的半个多篮球场大的空地，四周有些地方是墙壁，只见四面全是标语，迎面的黑板报区，刷上了一条最大的标语，字像方桌那么大，上刷"打倒大右派×××"，我略微望了望这里四周的标语、口号等，感到这要多大的人工啊，岂不可惜！一进入四合院内部的办公地区，更是热闹了，大大小小的墙壁上已无空地，真可谓铺天盖地，全是打倒我的。标语、口号和大字报无处不是，看不胜看，我一张也没有看。这是早已料到的，不过没有料到会有这么大的规模而已。"文革"也是一哄而起，不过目标不那么集中。

我奇怪的是周六下班，一切均还是平平静静的，怎么经过两晚一个白天，就会全变了一个战争的大四合院，这要费多

大的人力财力才办得到啊！但我一无所知，简直奇妙得不可想象！如果把这些力量、这个精神用到有益民生的建设上去，这将是一种多大的力量啊！我更奇怪这么浩繁的准备工程究竟是在何时、何地做的。简直如同天方夜谭电影一样：一声"芝麻开门"，就什么都有了。

但这只是造势，在斗争我的大半年期间，对这些大字报我一张也未看过，从头至尾，也没有人叫我去看。其他人看的似也不多。

显然，这是一种神经战。顶不住的就会软下来什么都说，或者自杀。我算阿Q一番若无其事，敬候裁判就是。

八 人民日报一版宋体大标题，发出曾是"右派"的新闻。主要是引"在山泉水清，出山泉水浊"闯的祸

在单位全体批斗了我的当日，《人民日报》在该年7月13日登出了我的消息。是一版二条大黑字标题。这是党内因"右派"问题上报的第一个（因此又被人称为"黑状元"）。据说同一天早上的新闻广播、新华社以及新闻图片等均作了同样的报道。内容究竟有些什么，我一点儿也不知道。我只有那么一点点东西，怎么也出不了那么大新闻的。

对报上的这条新闻，我当时未看，以后也未看。直到最近

有同志复印了一份与我，我看了之后，觉得很简单抽象，尤其是发言人中竟没有王子野、陈原、张明养、史枚、黄季芳、周保昌、张惠卿、戴文葆、王以铸、刘元彦，年轻的没有薛德震、吴道弘、沈昌文诸人。因此，报上所举的发言的影响如何也就可想而知了。中国的有些斗争有点奇怪，事过若干年后，往往不是当时的被斗者怕被知道，而往往是当时的惩罚人或告密者最怕人知道。全国一样，绝无例外。

我那次与黑板报编辑的谈话，均是随口而出的，并无深意在内，我又不懂得杜甫。我主要的意思，并不是说现在的泉水是浊的，但是由于条件不同，比较容易变浊罢了，所以我们要及时防范、及早防范。现在看来，引这两句诗，倒是很文雅而又是很恰当的了。恐怕算不得什么大政治错误。其实，这两句诗对我们每个人的预警意义都是很大的。

那是杜甫的名句，全诗中就是这两句特别好，教育、警示意义特别重大，所以后人都记得它。我当时也是冲口而出，作为对己对人的一个生动易记的座右铭而已。哪知这会引起了异乎寻常的重视，将此项谈话全文约一千余字，印成了《宣教动态》的一整期。我过去每期都收到的，此次，收到关于我的此件后，知道这是与全国打招呼，以后就看何时见报了。

这天的晴天霹雳，广播、报纸、图片一齐出动的大歼灭战，一朝爆发之后，我倒反而完全平静下来了。司马迁的话"人固

六　反右记幸

有一死,或重于泰山,或轻于鸿毛",我这次就只好轻于鸿毛了。人到无望时,反而会感到轻松一些。

九　形式上反曾半年多,两周开一次批斗会,全是空对空,曾也只能引第二国际的书作交代。完全是一场"和平反右"

人社自公开贴出我的大字报后,反右斗争在外表上似乎转为斗我一个人似的。其实另有一个战场在斗"右派",对我的大字报则仍不太多,而且,大多是以××小组的名义贴出的。我也紧张不到哪里去。说来说去无非是"在山泉水清,出山泉水浊",对这事的处理我是无法预测的,愁也无用。只有某科长贴的几张,说我在广州担任过的工作名义,全都是假的。因他全都是公开造谣,好多人知道实情,也没人理他。按理,他是"权威人士",应该人人相信他,结果是无人理他。其他批我的大字报,基本上都是表态性质。

批斗我的方法是"全社"性的,每两周一次。第一次就空洞的不得了,我就引第二国际的书作交代,把修正主义思想与自己联系起来,于是大家就用尽力量去批伯恩斯坦、考茨基去了。这相当于我出题目,让批判小组做文章。其实我也不懂,是临时去查书寻找罪名的。不如此,批斗局面便维持不下去。

我估计，对我的批斗可能会长久下去。可一件事实都没有，怎么批法？因此，我不得不用伯恩斯坦、考茨基去抵罪，也是万不得已的。真对不起他们。

那时，"修正主义"已成为人人喊打的东西，选择此题交代，批判就可无限延长。这么下去，倒也是个好办法，交代没有个完，批判也没有个完。其他也没有叫我"交代"什么，我也就不太紧张了。"运动"中危害最大的，是强迫人"交代"这个、那个的。陈原同志似是我的"专案"小组长，过了一定时期，他问我要检讨材料，我就拿这东西给他。他大概不会看，就交给对我的批判小组。于是，批判小组就分工研究，分配发言题目，分到题目的人，就分头做发言准备，过了两周就开一次"全社"批判会，到者通常都是几十个人。五人小组的人除第一次陈原、周保昌出席外，其他各次会好像都从没五人小组的人来过，这意味着这个会是不得不开和走过场性质的。而且，我的事情而以陈原为专案组长，这等于明白表示，曾某是没什么政治问题与历史问题的。因为陈原同志是新党员，又从来没有搞过政治运动。

对全社的反右是另外的战场，据说是由文化部某个副部长来主持的。这时，一切政治运动似均已大获全胜了。于是号召全国上阵，翻墙倒屋。爬上屋顶，手执长杆，挂一破布，不断挥舞，口中"喔喔"不停，用以驱赶麻雀。有人发现，黄昏以后，麻雀还远未死尽，又昏昏沉沉地掉到屋顶上了。聪明人又生一计：三班倒，反正人力是使不完的，比麻雀好办得多。使各种飞鸟在天空飞翔二十四小时，不让休息，不能进水和食物，那是非力竭坠地身亡不可的。这时，对我的专门批斗似已告结束，我就说，我到屋顶上打麻雀去吧。批准后，我就天天爬上屋顶，大打其麻雀。其实哪里还有麻雀可打？但我在屋顶上自由极了，那时北京还没有一座高楼，在屋顶上四面一望，北京市都到了眼底，真是一大奇观。我这一打，就什么都忘了。别人则以为这是对我的处分，也不敢管。于是三天的任务，我就打了七八天，甚至十来天。单位忙于斗"右派"，哪还注意到我？有谁一想，怎么好久不见这个人了，是不是出问题了。于是派人立即骑车找我。时我正在屋上"喔喔"地赶麻雀。找到我的人怪我为何早不下来，任务只有三天，你怎么一直打呢？我说，我不知道呀！我以为这是一个长期任务呢，就一直打下来了。

1958年夏，我定了案。"右派"当时分五级，我是三级。我要说明，在人社做了一名"右派"，不仅大大缩短了人社广大群众和我的距离，而且大大增强了一种亲切感。曾某人成了一个透明的玻璃体了，没有查出有多少坏事。

十　陆定一老人题于谦诗赐我，令我终生感奋

本书前面载有陆定一前辈亲笔题赐我的一首明代名臣于谦

诗（见彩印照片）。此项题字令我十分感奋，也感到十分惭愧。我只能以此为座右铭，作为自己终身努力的方向，哪敢妄拟于谦于万一？

但是，陆老凭记忆随手挥此墨宝赠我，足见此诗对陆老印象之深。实际上这是他对自己无端坐了十几年监狱，而且在狱中受了非人虐待的坚强伟大意志的表现。诗的全文如下：

> 千锤万凿出深山，烈火焚烧只等闲。
> 粉身碎骨浑不怕，要留清白在人间。

这是一首咏石灰的七绝诗，也只有于谦这样的人物才能写得出来。定一老人书此赐我，我除惭愧外，自当终身凛遵不误。

这一法书是怎么得来的呢？是上世纪80年代，出版界友人孙邦铎君因事赴港，过广州，特去东山小岛疗养区看望陆定一老。临末，向陆老乞赐法书。陆老当即应允。毕，孙君又忽向陆老转恳："你不写几句话赠给你的老部下曾彦修？"陆老当即慨然应允，不假思索，立即书此赐我。这正是陆老自己的写照。借于谦以明己志。以此赐我，我也自当战战兢兢终身遵守。得其十一，也足以自立于世了。

我们应该使人人有很高的自尊心，而决不能几十年天天叫人检讨自辱，放弃任何自尊心。真正到了人民都必须放弃自尊心的时候，这个民族恐怕也就难于挺立于世界民族之林了。一个民族的自我削弱，几全来自内部因素，而非外力。

我写此时已进入九十五岁了，不知怎么的，这个想法突然冒升起来：羞耻之心，人皆有之，一个人必须检讨一辈子，受辱一辈子，这算什么生活？但那个铁骨铮铮、宁死不屈的梁漱溟不管有多少"唯心主义"，却令人永志不忘。

记住：人不能永远生活在饥饿中，也不能永远生活在屈辱中。此而不改，一个民族的尊严何在？

要记住：没有个人尊严，就不可能有民族尊严。

十一　又忽一日，大祸临头，形同千人公审。经我当场反驳，又从此一字不提

在开了我多次批斗会后，可供批判的东西也渐少了。这时忽然对我发生了一件万分危急的凶险事。这不得不从头说几句。但只能说几句，如要说清，全文太长。

先是，我的批斗会后期，在我单位的后空场上，出现了几部带篷的大卡车与两三部中小吉普车，地面上则放了电缆、探照灯、发电机、汽油桶一类东西。谁也不注意它是干什么的。忽一日，大概是10月底前后，下午1时左右，单位几位同志叫我同他们一道走。出来转弯即走进那个铺满电缆的靠边小道。

忽见一大礼堂似的建筑，我是初次到此。快到时，边门外已有几只闪光照相机对着我"啪啪"不停。里里外外都有打倒我的大标语。进门一看，不得了，坐满了人，两边探照灯从高空往下射，十分刺眼。电影摄影机，"嗒嗒"不停。我明白了，今天是公审我的大会了。我被引到头排当中坐定。台上主席团一横排，十来人，多未见到过，只记得有陈原。全场毫无声息，一张纸掉下地也听得见。大家看这阵势，都以为今天是要逮捕我了。会场坐得满满的，大约千把人。毫无声息，寂静得吓死人。我坐下后，大会立即开始。大会执行主席说，今天的大会由××××××××的司长（或更高的官名，记不得了）发言，控诉右派分子曾××在广州的罪行。这一宣布，引起台下一阵颇大的骚动与不安，我倒是一听就无法自抑地发出了轻轻一笑：何必还要把自己不美妙的事拿出来示众呢！于是，我立即写一字条呈主席团，请陈原转。我知道不指名交陈原，我这纸条可能会被压下。纸条上说，控告者要说什么我已全部知道。我现在当场即可全部据实驳斥，约要一小时，但恐有泄密之处。如不能发言，我请求散会后立即听我述说约一个半小时，以免我有编造假话的时间。我趁交纸条返回座位之机，对全场很镇静地有意张望了一下，以示我并不紧张。

这位执掌生死大权的控诉人，就是1951年4月下旬半夜在叶帅住家楼下大厅后见到的那位处长，我知道是怎么回事了。

六　反右记幸

我在想，一会儿我回答时要牵涉到一系列的证明人名，这要想一下，如果说不出来，发言就减少力量了。果然有一位当时中共中央华南分局的办公室主任林西同志，是想了好久才想起的。这一个多小时我根本不当一回事，我也不写发言提纲，主席台上是看得清清楚楚的。哪知，控告完后，执行主席竟宣布，现在曾××请求发言，主席团准予发言。台下轻轻一声"啊"，我知道他们同我一样：意想不到。对于这个决定，我至今不知道是谁下的决心。总之，至今我还是从内心铭感他。我想，现在的读者也会铭感他的。

因为原告是某个"最高"方面的"最高"啊！我于是奉命上台，毫无畏色，我因持手杖，还令我坐着讲的。因全是事实经过，一切宛如昨天的事，一一道出就是。我扼要讲了不到一小时，只把几个关键讲出，群众就可判断了。我讲的内容，详见另文《镇反记慎》。

这种突然出现的、如此严重的紧张局面，任何一个公安侦查专家都会知道，这像现代科学测谎仪一样，在这突然袭击的危急状态面前，如果你心虚，你的一举一动、一言一语、声音神态都是不可能完全掩盖你的真实心态的。而我那天的神态，不但没有一点儿紧张，反而是流露出一种轻松不屑之态，主席团和其他观察人员，当然是会看得清清楚楚的。

会后，我又上书举出一批证明人，上面有叶帅、古大存、李凡夫（时任中共中央华南分局宣传部副部长）、林西（时任中共中央华南分局办公厅主任）、杨奇（时任南方日报副社长）、成幼殊（女，时任南方日报社政法组长）。我说，叶帅、古老，先不方便去调查，他们大事太多了，不可因此小事去打扰他们。但可由我写出大事经过，叶帅、古大存只需在上面批几个字就行。

此会后，我不断问陈原，调查没有，情况如何？问了两三个月，陈原回答说：有事情会找你的，你就不要问了。我就知道没有事了。此事从此以后就一字不谈了，我能肯定是去调查过的。此事的内情我至今一无所知，怎么一个"最高"的"最高"的吓人控告，会被一风就吹了。

这场虚惊，确实非同小可。其实不过是一场小闹剧。告发者完全估计错误了。

大概是1958年六七月，具体处理了，开支部大会，在四楼（三四月间，单位由东总布胡同搬到朝阳门内大街了）。那天闷热极了。唯一的议程是讨论我的党籍问题，久久地几分钟过去了，没人发言，形势很紧张。我更紧张，因为上面一定有人来出席的。全场久久无人发言，如何得了？我想这类问题，事先不布置人发言是不可能的。布置谁呢，当然是以周静同志为最适当。实在熬不下去了，又是最老的党员周静同志站起来软软地说了几句话：我看某某人的错误是十分严重的，我以为应该开除党籍。于是，主席趁势收场，立即要大家举手。通通

六　反右记幸

举了手。我也举了手。因为我这回闯下的大祸,在当时的形势下,这是唯一的快速处理方法。

顺便说一句,大约1984、1985年,承新闻出版署人事司多次打来电话,要我去领回我的"材料"。我未去领。那时,从我的住处上无轨电车,五分钱,就可从我的门口到他们的门口。有一次,我说:"我不领了,下次运动时我可少写点。"我那上面没有伤及别人的一个字。我可以一百次骂我自己是乌龟王八蛋,但我决不会说一次别人是小狗、小猫。这条界线,我一生未逾越过。我有此把握就不去领了。

2013年6月重写

附　录

一个地下党员被人供出后有无不被捕的可能？
——记军宣队一次对我的征询（1971年）

这次谈话有点不可思议。是在"史无前例"的十年中的事情。时间大约在1971年夏，地点是在上海市奉贤县柘林镇附近杭州湾畔的上海市新闻出版系统的"五七干校"中。

这个干校的各单位，都被称为"第×连"。对于一部分人来说（各种"牛鬼蛇神"，包括"死不改悔的走资派"，各种"反动文人"，"右派"……多数是老弱病残，当然包括我），各种重活、脏活、危险活，都首先是他们的事情。各种花样翻新的"运动"一个接一个，大约从1970年冬起，又开始了整党运动。原来的党组织已成非法的了，谁整谁呢？造反派整老干部。这叫作整党！这个连队有六七十人，工宣队和军宣队加起来共十几人，不管他们执行的路线如何，我以为在我连前后轮换过的好几十名工、军宣队员中，除了很少数作风不好的以外，差不多都是很好的同志，而工宣队员则很多都是被造反派排挤出来的工人干部或老工人，我至今还非常怀念他们中的很多人。他们进来以后，权力就完全在他们手里了。从我所在的那个单位——上海辞海编辑所来说，那是名副其实地从个别野心勃勃的、篡夺了党政大权的造反派头头手中，又重新把权力夺了过来。（我得再次声明，我这只是就我所在单位的具体情形而言，丝毫不涉及对其他任何工、军宣队工作的估计。）整党运动也完全由他们领导，也还比较稳（但是某些造反派还是不断地兴风作浪），虽然他们中的大部分人并不是共产党员。（是不是叫"整党运动"，我已经记不清了，或者叫另外的什么运动。）

在我们单位里有一个老同志，他是30年代初期在北平清华大学参加地下党的。他认识的人中，有人被捕过。对于他的个人历史，还有两个比较突出的问题：一是他长期在四川刘文辉先生所办报馆做过负责工作，就说他为国民党反动派服务，做反共宣传，理由是报上有国民党中央社消息，称解放军为"匪军"之类；二是30年代上半期他在北平联系的一个地下党员，后在山西太原被捕，供出了他的名字，而他却没有在北平被捕。于是，这不又很可能是秘密被捕后叛变自首的"根据"吗？这些问题，已由造反派闹了三四年，周游全国，到处"调查"，到了1971年某个运动时又成为重点问题。交代、质问、批判，均无结果，审查者说是这样，或"应该"是这样；被审查者说不是这样，因为事实不是这样。

奇怪的是我连军宣队长刘某某（他在空四军基地任地勤排

长,放牛、打铁出身,比那个被夸赞为身兼"工农兵",因双手沾满了共产党人和革命人民的鲜血而一步登天的坏家伙如王洪文,除了革命与反革命的根本不同外,其他方面也不知比那个罪恶家伙要高明多少倍),有天晚上突然找我个别长谈(工宣队长也参加),征询我对于审查上述这位同志的两个重点问题有什么看法,并说:"他们光轰,讲不出道理来,解决不了问题,所以要请你谈谈看法。"此外,还讲了几句客气话。我不能说他的态度一定是很诚恳的,但也不能说他对我的用意一定是在"钓鱼"。这样的机会我当然不肯放过,就是假意的(这类火力侦察,对我来过很多次),我也要来个"假戏真做",于是我就同他们谈了两个小时,特别把"九一八"和抗日战争以后的整个形势对他说得较多。

第一个问题,抗日战争和解放战争期间,替刘文辉办报纸的问题。我向他们解释说,抗日战争后,蒋介石的党、政、军、警、宪、特进了四川,刘文辉原有的川康边和西昌地区一小块较穷的地盘,已处于朝不保夕的状态,他同蒋介石的矛盾是生死的矛盾,是有你无我的矛盾,他一直用武装力量抵抗蒋系势力的侵入,更绝对不肯交出他的地盘的控制权。相反,他同共产党和进步力量之间却不但没有当前现实的矛盾,而且有互相联合的必要,这样可以加强他的力量。而我们党组织和进步力量,也需要有一个开展工作和必要时可以避难的地方。至于刘文辉这位军人本身则更特别些,抗日战争后我党即有秘密电台在他掩护下工作,党派了不少人替他办报,而他也明知有一批共产党员在他手下工作。这是一件很成功的统一战线工作,绝不是什么替国民党反动派服务,也不能说是为反动的地方军阀效劳。至于在国民党区以地方势力名义办报,要完全不用国民党中央社的消息,那还是办不到的,因此这不能算作什么问题。何况,前后已经多次查明,他们是用"匪军"的名义透露我军的神速胜利进展的。

第二个问题,30年代上半期,有人在太原被捕供出了在北平的这位同志,而他却没有在北平被捕,这用我们解放后有全国统一的政权、统一的党政军领导的眼光去看,当然是无法理解的。但那时却根本不同,各军阀地方势力同蒋介石中央势力矛盾很深,各军阀地方势力之间也有种种矛盾。通常的情况是:他们之间不但不互相帮助,而且互挖墙脚。太原阎锡山手下人得到这个材料,他不通知北平,这是不奇怪的。正像广州陈济棠捉了共产党也不一定将同案人的名单通知南京的蒋介石一样。而且在当时还可能出现这种情况:地方势力在他地盘内是一定想要肃清共产党势力的,但对蒋介石直接统治的区域,他们却希望那里的反蒋势力闹得越欢越好,因为这就可以减轻蒋介石吞并他们的压力,他们是不会那么无私地效忠蒋介石的。何况这位同志在得到某人在太原被捕的消息后,就到南方去躲避了一个时期呢。因此,这件在今天看来不可理解的事,在军阀割据统治下，却是一点儿也不奇怪的；相反，如果那时军阀团结得像一个人一样，那么我们现在恐怕还没有进城哩。我这一席话，对于这位解放时才几岁的军宣队长，真是闻所未闻。"史无前例"的十年中，驱使一批十几岁、二十几岁的青年人用非刑去"审查"我们的老同志、老爱国民主人士和老革命家，真是从何说起！

这位军宣队长以及工宣队长在听我的谈话时，还不时插问。这样，他们心中就多少有点数了，不至于乱来。像他这样的人是并不很多的，他能够不一味跟着林彪、"四人帮"跑，对于这么重要的问题，又能不耻下问，向我这么一个"重犯"征询意见，多么难得啊！1973年后，这位同志因是空四军的人被复员回安徽了，听说是做农民。

〔附白：陈落（陈国栋）同志告诉过我，大概是1935年"一二·九"运动后，军警直入清华搜捕救亡分子的最紧张时刻，他和另一同学到校长梅贻琦先生家中避过难。近来看见有地下党员回忆，捕人军警到时，他急去冯友兰先生家中避过难。搜捕者来时，冯先生对付过去了。清华教授当时冒险掩护党员的，恐不止上述两先生，此事目前收集资料当然已很困难了，最好有有心人再去收集一次看看，这些暗中做了惊人好事的人，不应该被埋没了：他们在急难中的正义行为，是我们民族共同的光荣。〕

我所知道的胡耀邦为"六十一人案件"平反急如星火

一

在戴煌著《胡耀邦与平反冤假错案》一书的李锐序中说："耀邦主持中央组织部工作时，当时的中央领导人抵制平反冤假错案的工作，曾拒不交出一、二、三专案办的档案材料。这是何等困难、何等严峻的局面。耀邦另起炉灶，对大、小案件，由中央组织部单独进行调查，一一落实，取得成功。"但戴书对"六十一人案件"只提及一下，我现在来做点补充。因为，这是一个特殊大案，被诬陷的人，有政治局委员、副总理、几个中央局书记、省委负责人、党中央及政府部长等一大批人，非同小可。

耀邦同志为平反这个冤案急如星火、迫不及待的情形我知道一点点，我也曾为此事写过几次材料。我这个小小的晚辈，在偶然的机会中，掌握了可以完全推翻康生等的阴谋的具体资料，用句不科学的话来说，这真叫"天网恢恢，疏而不漏"。我这材料，从未见过报刊，但它无秘密性可言，是应该公开的。

此事发生在1978年夏季,在十一届三中全会以前的几个月,下边是一点儿经过。

1977年四五月时,即打倒"江青反革命集团"半年多一点儿的时候,于光远因事到上海。一天,他打电话到上海辞海编辑所找我,叫我下班后到东湖路招待所去找他,我去了。他问我的情况,我说,继续靠边,无事做,替大家抄写打倒邓小平的大字报,不天天斗了。我告诉于,我写了两份材料给中央,不愿交邮,怕收信单位转给那帮人,这次正好请你回京交与叶帅。当时,邓小平同志尚未出来,中央领导人中暂时我只相信叶帅。

两件材料,一是关于张闻天的,一是关于康生的。我认为这二人的忠奸善恶,都应该由中央作一百八十度的彻底颠倒才行。康生的事,于光远同我知道的是一样的,当天二人再回忆对证也是一样的,绝对无误。第二天我就把现成材料交到于的手中。

说来好笑,我当时的身份是很明确的:摘帽"右派"、"牛鬼蛇神"的定位,一点儿也未改变,而且我也没有想过会有所改变。因为那时"两个凡是"正叫得震天响,还会改变什么呢?不过良心驱使我急于写那个建议罢了。我建议中央彻底翻案的张闻天,是前总书记、政治局委员;康生,"文革"大红人、军师、中央副主席、"伟大的马克思主义者"(中共历史上第一个被这样称呼的)。这两人在延安时都是我的业师,也是我分别参加过的两个工作团的团长,而且康生待我是很客气的。但我对他们二人的印象和评价却截然不同。我这两份上书,于光远回京后看见情况完全不对,就把它们暂时压下了,现在看来压得很对。1978年6月,我见到邓力群同志,谈及这两件材料,邓也说,张一定会平反,但康的事情目前还不能谈。那时康生还在天上,所谓"华、汪体制"的人还在继续捧康,还在继续大镇压反"文革"的志士,如真把我这材料立刻交上去,我还不知道会怎么样呢。

二

1978年7、8月间,我已经正式调到北京两三个月了,在中国大百科全书筹备小组工作,地点在东总布胡同东口的几间平房内。一天上午,我们几个筹备人正在开会,于光远的司机跑来找我说,光远叫你立刻去他家,有要事。我打电话一问,果然重要。只好说明情由,负责人姜椿芳也高兴极了,叫我立刻去。到于的书房时,有四五个人在分头议事,很忙、很乱。于光远说,昨天下午看见耀邦,对他说起,我们手里有一份康生详谈"六十一人案件"的材料(是康生的供状,内容已告诉胡了)。耀邦听后,高兴得不得了,说:"有这等事,太好了。"叫我立刻给他送去。但你已下班,又无电话(那时我住在招待所），材料一时找不着，只好请你来重写。耀邦急如星火，刚才又打电话来催了，请你现在就写。

我于是坐下立刻写，十多分钟就写好了，内容同上次我在上海写的自然一样。

这材料的题目已记不得了，大概是"康生谈薄一波等"六十一人案件"的经过"之类。内容则永远记得十分清楚，大要是：

1948年旧历元旦（或初二），位于山东鲁西北阳信县的渤海区党委组织部长刘格平同志，请康生及中央土改工作团全体团员到他的家中吃晚饭。因为刘是回族，不能出席区党委的正式宴会。这次名为晚饭，因在冬天，考虑到康晚饭后要散步，所以大约下午3时晚饭就开始了。因此，饭后仍照常散步。康生忽然问大家："你们知道刘格平这个人不？"未等回答，他就继续说下去，"这个同志资格老得很，是20年代初的党员，是个回族同志。他比别人多坐了八年监，敌伪时期他照样在北平坐监，敌伪不知他是共产党员，糊里糊涂当他是普通刑事犯，他算活下来了。是日本投降后才出监的（最后一句记不清了，也可能是日降前不久，敌伪监狱已大乱，由党组织设法花钱把刘弄出来的）"，"他是老党员，当然是马克思主义者了。可是只要一谈起《可兰经》，他的马克思主义就不见了（作者按：此二句我和于光远反复对证，认为连字句都是这样的。因为当时印象特别深,康也就只这么讲了两句)"。"1936年夏,少奇同志从陕北到平津担任华北局书记后,当时革命形势一天天高涨,可是特别缺乏干部,有经验的老同志多在北平敌人的监狱里,这就是薄一波、刘澜涛、安子文等六十一位同志。当时分析形势,他们再坐监下去,很危险,有几种可能:一是日本很快占领平津,这些同志就立刻会被杀害;二是蒋介石如要把这些同志押到南京去,宋哲元欢送;三是宋哲元嫌麻烦,请求把这些同志送往南京去。所以,这批同志如不赶快出监,就很危险。当时国民党地方当局对共产党员出监的手续已不那么厉害了,只要登个脱党启事就行了。因此,有同志建议(听说这是当时华北局组织部某部长建议的),是否请示中央,让他们办一个出狱手续全都出来为好。刘同意了,请示中央,中央由张闻天出面复电同意了,于是通知薄一波他们照办。但他们坚决不同意登启事,不出狱,经多次催促,不愿用此方式出狱。"康也提到在狱外为此事奔走的徐冰、孔祥桢等同志的名字,康生说:"此事久久不决,华北局通知他们,再不执行就是个纪律问题了。"于是狱中决定先出来一个同志探听虚实,弄清楚中央的指示后才出狱的。(最后一事已记不大清了,也可能不确。)

我一会儿就写成了,于叫秘书立刻拿到单位打印。我说,是否找高文华同志看看,于说不必了,老年人怕记不清楚了。我也赶快说,高身体不好,一般他并不参加这个散步,不送好。

我又说，还有凌云、史敬棠。于说，也来不及了，转来转去，又是好几天，耀邦立刻要，我们二人的共同署名就有效了，耀邦没有想到会有这样好的证明材料，所以特别高兴，要得紧。

不久，中央为薄一波等"六十一人"正式平反的文件出来了，后面正式附了唯一一个附件，就是于、曾二人所写揭发康生的材料全文，这个文件我当时看到了。后来编出的一本中央内部文件，省去了这个附件。这也是自然的，因为正文内已经引用这个附件了。

这件事情说明，胡耀邦在平反冤假错案，特别是重要的冤假错案上的决心、热情和恨不得有凭有据地立刻解决问题的心情，是十分令人感动的。历史的真实就是如此，这种事情埋没了是可惜的。耀邦办这件大事，是抢过来另起炉灶，加急为"六十一人"平反的。因为这里面"要人"很多，平反了他们，影响很大。

（原载《炎黄春秋》2004年第4期）

特　载

吴　江

一本有严肃意义的书
——读曾彦修《审干杂谈》

手托着千斤重闸,在自身岌岌可危的情况下,将那些正在受审查而其实并无问题或并无什么大问题的人一个一个地放行,使他们轻装前进——这就是我向读者推荐的《审干杂谈》(湖南人民出版社出版)这本书的内容。这是一本薄薄的不过四万多字的小册子,读后却使我意外地感到一份力量。老实说,在描述我们过去的政治生活方面,我还很少读到像这样坦率地总结经验的书,尽管这里载的只是"四清"运动的小小一角。

"四清"是继反右派和反右倾两次巨浪之后,直接燃起"文化大革命"的引火物之一。"四清"提出"整党内走资本主义道路的当权派"的任务,并且估计当时的形势是我们三分之一的天下已落入敌人或修正主义者手中,因此非来一次大清理不可。作者当时是一位在反右斗争中被打倒的人物,却被允许参加上海一个八百人的印刷厂的"四清"工作,大部分时间被分配参加二百人的一个车间的工人和干部的政治历史审查。在当时那种气氛下,对于人的处理常常无根据地把问题严重化,要坚持实事求是精神是相当困难的。作者虽是"老家伙",但当时具有"分子"一类的特殊身份,其工作的困难更可想而知。他做一个车间工作小组的"材料员",一般不能接触档案材料,主要帮助做点分析工作,提提意见,想想办法,并帮助起草结论,有点像工作队的"幕僚"。他们接触到的都是一些"小人物",但很有几个严重的"特"字号、"统"字号、"奸"字号人物,还是上面多次点名的。面对这种困难处境怎么办?作者有两段话记述他当时的态度:"不冤枉一个好人,不放过一个坏人。说起来容易,做起来就难。尤其是不冤枉一个好人,做起来更难。""我觉得弄清一个人的历史,不但可以解除当事人精神上以至刑事上的负担,也可以解除我作为一个共产党员起码应有的道德上和良心上的负担。没有确证而作出不利于别人的结论,或明明看出那些怀疑、检举以至本人的亲笔交代是那么难以令人置信,而又不竭尽全力去收集证据来证实或否定这些似是而非的'罪证'时,我的心就像被烈火烧一样难过。"

作者参加审查的对象有四五十个,最后有三十个作了书面结论,这些结论均由作者起草。原来被怀疑为有大小政治问题的三十来个人,竟无一人有什么称得上是问题的问题。书中介绍了十个这样的人,有戴着双重反动帽子却原来是舍身掩护过地下党员的人;有多年来在车间被认为是"国民党兵痞",实际上是一个一生被迫害、被侮辱,在解放后才真正得到翻身而且表现很好的工人;有被怀疑当过汉奸警察局长实际上完全是张冠李戴的人;也有一个亲笔留下了"罪证",几乎是铁定的坏人,经过仔细调查最后证明纯属冤枉。作者的笔下在回忆起这些曾一度邂逅的人时表现出很深的感情,在书中再次向他们致意,希望他们更好地工作,不要自暴自弃。拳拳之心,溢于纸上。作者再三提及这次工作之所以能够获得一些成绩,是依靠以当时上海市出版局局长为首的工作队的同心协力。说也奇怪,工作队的领导人都是老同志,平日的纪律性、组织性都是不成问题的,但这回却根本没有照搬四清"二十三条"。作者由此得出结论说:不管怎么样,我们久经考验的党有大量的同志是品质优秀、头脑清醒的。现在上点岁数的人大概都能记得,当时像这样的工作队员为数不少,但他们在接踵而来的"文化大革命"中却大都变为被害者而遭受厄运。

作者在书的末尾对自己这段工作有这样一个评价:"1957年以后的二十多年中,我虚耗国帑,坐食工农,什么事也没有做,唯一对得起党、对得起人民、对得起自己良心的,就是做了上述的这一件事。我将永远为这桩事感到问心无愧。当然,二十多年只做了这一件事,最终还是要感到惭愧的。而且,这一生大概我也就只能做这么一件像样的事了。"不知道别人怎么样，我这个平日不大动感情的人在读了这段文字之后也不禁有些黯然。这是一个对党怀着赤诚之心然而因故在很长一段时间内失却正常工作条件的人所发出的至深的感慨啊！作者斥责那种对审干的必要性和获得巨大成绩持否定态度的人，指出在中国共产党领导下审干中即使有人被冤枉也是暂时的。"包括我个人在内，审来审去，并没有冤枉我什么。"话虽如此说，但这一"审来审去"毕竟使他们虚度了好多时光。在二十多年当中，他当然并非什么事也没有干，但他强调自己在这"二十多年只做了这一件事"，我想是有道理的。这道理大概就是在"问心无愧"这四个字上。

我们不妨回想一下，在那个"左"倾势力占统治地位的时代，除了政策失误造成实际工作的损失以外，很重要的一方面是在各种政治运动中对人的问题的处理轻率粗暴，无根据地怀疑人打击人，任意将问题扩大化严重化，胡猜乱想，胡乱定案，或者事出有因查无实据而仍揪住不放，甚至实行一种把"帽子"拿在手里随时准备给人扣上的恐怖策略，等等。这种做法，使大批积极力量化为消极力量，给社会主义造成的损害是非常大的。这里有认识问题（信奉"阶级斗争为纲"）；也有的"明哲保身"，置别人的政治生命和身家性命于不顾，置是非、党性于度外，领导叫怎么做就怎么做，指定的数目不敢不如数完成，

特 载

不管其荒谬性达到何种程度；有时则是怀着浓重的私心和道德堕落，忍心干卖友求荣、落井下石的勾当；或者看眼色而任意颠倒黑白，把没有问题的人搞成有"严重问题"而邀功取赏。这种人当形势不妙时也能作点检查，一旦有机可乘时又故技重演。应当说，对于社会主义来说，对人的伤害与轻视，其害甚于一切，而我们有些自称社会主义者的人对此却茫然无知，反以有权能随意处置人为荣。在我们这里，有一个时候甚至弄到像有人所说的那样，凡与"人"有联系的概念和"人性""人权""人格""人道主义"等都在忌讳之列。弄到这种地步实在是我们民族的不幸。我们为此付出了沉重的代价啊！

作者自感"问心无愧"，我想主要也是就对人的态度而言。他在自己十分困难的条件下，为几十人解脱了政治怀疑，使他们获得正常做人和正常工作的权利。在这点上，他确实做到了像他自己所说的"应当把别人的政治生命和身家性命看得比自己的政治生命和身家性命更加宝贵"。他不但这样做了，而且还写出了这些往事的回忆，包括我们在这方面的某些经验教训。这不是多余的。因为正如作者所说，今后即使不会再发生像十年内乱那样的灾难，但审查人或处理人这类工作总还是会有的，而在这方面，30年代初期以来特别是50年代末期以来"左"的习惯势力还绝对不能够忽视。

这本外表看并不起眼的薄薄的小册子却包含着一种不容忽

视的内在力。它督促我们这些以往时代的过来人,不管今天还在位的或者已经退下来的,都该认真地思索一下:自己在对待人的问题上是否真正采取了慎重的态度和实事求是的精神,是否为党和人民的利益而坚持原则、明辨是非?是否真正重视了人,重视了人的积极性?对于别人的政治生命和身家性命是否看得和自己的政治生命和身家性命同等重要(如果不是更为重要的话)?在这些方面,我们确应当有勇气扪心自问,表现出一点儿自我批评精神。不错,我们的生活太复杂了,有的曾经错误地处置过别人的人往往自己也不免受到错误的处置,所以我们决不能提倡算老账。这种情况只能促使我们更有必要摒弃一切个人的得失考虑,完全站在党和人民的立场上,从积极方面去取得教训,并留一点像样的东西给后人。果真能这样,我相信,对于我们所做的错事,后人还是会从历史条件方面取应谅解态度的,至少不至于无情地嘲弄我们。

(1988年7月发表于《光明日报》,转引自山西人民出版社2002年2月版《冷石斋随笔》)